大家小书·悦读经典

当一代大家不再璀璨于世,阅读才是最好的纪念。

Sea Swallows

海　燕

郑振铎　著

版权专有　侵权必究

图书在版编目（CIP）数据

海燕 / 郑振铎著. —北京：北京理工大学出版社，2019.2

 ISBN 978-7-5682-6561-4

 Ⅰ.①海…　Ⅱ.①郑…　Ⅲ.①散文集－中国－现代　Ⅳ.①I266

中国版本图书馆 CIP 数据核字（2018）第 296483 号

出版发行 / 北京理工大学出版社有限责任公司	
社　　址 / 北京市海淀区中关村南大街 5 号	
邮　　编 / 100081	
电　　话 / （010）68914775（总编室）	
（010）82562903（教材售后服务热线）	
（010）68948351（其他图书服务热线）	
网　　址 / http://www.bitpress.com.cn	
经　　销 / 全国各地新华书店	
印　　刷 / 北京富诚彩色印刷有限公司	
开　　本 / 787 毫米×1092 毫米　1/32	责任编辑 / 马永祥
印　　张 / 7.25	出版统筹 / 王　丹
字　　数 / 81 千字	责任校对 / 周瑞红
版　　次 / 2019 年 2 月第 1 版	责任印制 / 施胜娟
2019 年 2 月第 1 次印刷	装帧设计 / 杨明俊
定　　价 / 40.00 元	插画 / 冰河插画工作室

图书出现印装质量问题，请拨打售后服务热线，本社负责调换

洒落笔尖的脉脉温情

尽管可能并不是十分客观公允,但是我们在阅读郑振铎的时候,会觉得阅读的不仅仅是郑振铎的小说、散文和诗歌,而是整整一部中国现代文学史。

郑振铎,现代作家、文学评论家、文史学家、考古学家,这还不够,还要加上诗人和翻译家。郑振铎原籍福建长乐,出生于浙江永嘉。1917年,进入北京铁路管理传习所(今北京交通大学)学习。1919年五四运动爆发之后,积极投身于运动当中,并与瞿秋白等人创办《新社会》杂志;1920年,与茅盾、叶圣陶等人发起最重要的文学团体——文学研究会,并主编《文学周刊》;1923年以后,接替茅盾主编《小说月报》,倡导"为人生"的文学宗旨。1927年,郑振铎旅居英、法,回国后历任燕京大学、清华大学和国立暨南大学教授。抗日战争爆发后,郑振铎参加文化界救亡协会,与许广平、胡愈之等人组织复社,出版《鲁迅全集》。抗战胜利之后,创办《民主周刊》,鼓励全国人民争取和平和民主。1949年之后,历任中央文化部文物事业管理局局长、中国科学院考古研究所所长、文学研究所所长、文化部副部长、中国民间文艺研究会副主席等职。1958年10月,在率领中国文化代表团出访的途中,因飞机失事遇难。

郑振铎在几乎所有的文学领域里面,都做出了让人高山仰止的大师级的贡献,不但创作了短篇小说集《家庭的故事》《桂公塘》,散文集《山中杂记》《蛰居散记》,而且还著有《文学大纲》《插图本中国文学史》《中国俗文学史》《中国文学论集》《俄国文学史略》等，以及译著《泰戈尔诗选》《希腊神话与英雄传说》，奠定了他在创作界、研究界和翻译界的地位。甚至在提携青年作家方面，和鲁迅并称为"南迅北铎"，郁达夫、老舍、许地山、冰心等人都得到过他的帮助。季羡林就说："对青年人的爱护，除了鲁迅先生外，恐怕并世无二。"

在散文创作方面，郑振铎的散文既不像鲁迅那样地犀利深刻、入木三分，也不像周作人、林语堂那样地空灵洒脱、飘忽不定，而是无比拙朴。这首先得益于他的立意非常端正，然后在文笔上又娓娓道来，信笔书写，在篇幅上则摇曳多姿，既能如长江大河，奔流万里，又能如兔起鹘落，戛然而止，蕴味却深长悠远，一唱而三叹。如果一定要找到郑振铎散文的源流，那么他的散文就像是先秦诸子和唐宋八大家，把立意公正、伸欠自如、形散而神不散做到了极致。

郑振铎的《海燕》和《猫》都入选中小学教科书，对海燕的轻盈和隽妙、养猫的可爱和辛酸，都做了出神的描摹。本书当中则选入了郑振铎更多的散文代表作，以让读者来体验那种平淡无华,但是却蕴含于生活当中的,只有极高明的人才能发现的脉脉温情。

也只有这样的脉脉温情,才是我们真正所应该学习和拥有的生活体验。

大家小书 | 海燕

目 录

1 —— 海燕

8 —— 猫

17 —— 失去的兔

32 —— 压岁钱

43 —— 一个不幸的车夫

50 —— 北平

71 —— 北平杂忆

85 —— 避暑会

93 —— 月夜之话

102 —— 山中的历日

113 —— 塔山公园

120 —— 蝉与纺织娘

129 —— 苦鸦子

135 —— 不速之客

142 ——《山中杂记》前记

151 —— 山市

159 —— 最后一课

170 —— 失书记

174 —— 烧书记

182 —— 售书记

189 —— 永在的温情

200 —— 悼许地山先生

209 —— 哭佩弦

海 燕

乌黑的一身羽毛，光滑漂亮，积伶积俐，加上一双剪刀似的尾巴，一对劲俊轻快的翅膀，凑成了那样可爱的活泼的一只小燕子。当春间二三月，轻飔微微地吹拂着，如毛的细雨无因地由天上洒落着，千条万条的柔柳，齐舒了它们的黄绿的眼，红的白的黄的花，绿的草，绿的树叶，皆如赶赴市集者似的奔聚而来，形成了烂漫无比的春天时，那些小燕子，那么伶俐可爱的小燕子，便也由南方飞来，加入了这个隽妙无比的春景的图画中，为春光平添了许多的生趣。小燕子带了它的双剪似的尾，在微风细雨中，或在阳光满地时，斜飞于旷亮无比的天空之上，唧的一声，已由这里稻田上，飞到了那边的高柳之下了。再几只却隽逸地在粼粼如縠纹的湖面横掠着，小燕子的剪尾或翼尖，偶沾了水面一下，那小圆晕便一圈一圈地荡漾了开去。那边还有飞倦了的几对，闲散地憩息于纤细的电线上——嫩蓝的春天，几支木杆，几痕细线连于杆与杆间，线上停着几个粗而有致的小黑点，那便是燕子，是多么有趣的一幅图画呀！还有一个个的快乐家庭，他们还特地为我们的小燕子备了一个两个小巢，放在厅梁的最高处，假如这家有了一个匾额，那匾后便是小燕子最好的安巢之所。第一年，小燕子来住了，第二年，我们的小燕子，就是去年的一对，它们还要来住。

"燕子归来寻旧垒。"

还是去年的主，还是去年的宾，他们宾主间是如何的融融泄泄呀！偶然地有几家，小燕子却不来光顾，那便很使主人忧戚，他们邀召不到那么隽逸的嘉宾，每以为自己运命的蹇劣呢。

这便是我们故乡的小燕子，可爱的活泼的小燕子，曾使几多的孩子们欢呼着，注意着，沉醉着，曾使几多的农人们市民们忧戚着，或舒怀地指点着，且曾平添了几多的春色、几多的生趣于我们的春天的小燕子！

如今，离家是几千里！离国是几千里！托身于浮宅之上，奔驰于万顷海涛之间，不料却见着我们的小燕子。

这小燕子，便是我们故乡的那一对，两对么？便是我们今春在故乡所见的那一对，两对么？

见了它们，游子们能不引起了，至少是轻烟似的，一缕两缕的乡愁么？

海水是皎洁无比的蔚蓝色，海波平稳得如春晨的西湖一样，偶有微风，只吹起了绝细绝细的千万个粼粼的小皱纹，这更使照晒于初夏之太阳光之下的、金

光灿烂的水面显得温秀可喜。我没有见过那么美的海！天上也是皎洁无比的蔚蓝色，只有几片薄纱似的轻云，平贴于空中，就如一个女郎，穿了绝美的蓝色夏衣，而颈间却围绕了一段绝细绝轻的白纱巾。我没有见过那么美的天空！我们倚在青色的船栏上，默默地望着这绝美的海天；我们一点杂念也没有，我们是被沉醉了，我们是被带入晶天中了。

就在这时，我们的小燕子，二只，三只，四只，在海上出现了。它们仍是隽逸地从容地在海面上斜掠着，如在小湖面上一样；海水被它的似剪的尾与翼尖一打，也仍是连漾了好几圈圆晕。小小的燕子，浩莽的大海，飞着飞着，不会觉得倦么？不会遇着暴风疾雨么？我们真替它们担心呢！

小燕子却从容地憩着了。它们展开了双翼，身子一落，落在海面上了，双翼如浮圈似的支持着体重，活是一只乌黑的小水禽，在随波上下地浮着，又安闲，又舒适。海是它们那么安好的家，我们真是想不到。

在故乡，我们还会想象得到我们的小燕子是这样的一个海上英雄么?

　　海水仍是平贴无波,许多绝小绝小的海鱼,为我们的船所惊动,群向远处窜去;随了它们飞窜着,水面起了一条条的长痕,正如我们当孩子时之用瓦片打水漂在水面所划起的长痕。这小鱼是我们小燕子的粮食么?

　　小燕子在海面上斜掠着,浮憩着。它们果是我们故乡的小燕子么?

　　啊,乡愁呀,如轻烟似的乡愁呀!

猫

我家养了好几次猫,结局总是失踪或死亡。三妹是最喜欢猫的,她常在课后回家时,逗着猫玩。有一次,从隔壁要了一只新生的猫来。花白的毛,很活泼,常如带着泥土的白雪球似的,在廊前太阳光里滚来滚去。三妹常常取了一条红带,或一根绳子,在它面前来回地拖摇着,它便扑过来抢,又扑过去抢。我坐在藤椅上看着他们,可以微笑着消耗过一二小时的光阴,那时太阳光暖暖地照着,心上感着生命的新鲜与快乐。后来这只猫不知怎地忽然消瘦了,也不肯吃东西,光泽的毛也污涩了,终日躺在厅上的椅下,不肯出来。三妹想着种种方法逗它,它都不理会。我们都很替它忧郁。三妹特地买了一个很小很小的铜铃,用红绫带穿了,挂在它颈下,但只显得不相称,它只是毫无生意地、懒惰地、郁闷地躺着。有一天中午,我从编译所回来,三妹很难过地说道:"哥哥,小猫死了!"

我心里也感着一缕的酸辛,可怜这两月来相伴的小侣!当时只得安慰着三妹道:"不要紧,我再向别处要一只来给你。"

隔了几天,二妹从虹口舅舅家里回来,她道,舅舅那里有三四只小猫,很有趣,正要送给人家。三妹便怂恿着她去拿一只来。礼拜天,母亲回来了,却带了一只浑身黄色的小猫同来。立刻三妹一部分的注意,又被这只黄色小猫吸引去了。这只小猫较第一只更有趣、更活泼。它在园中乱跑,又会爬树,有时蝴蝶安详地飞过时,它也会扑过去捉。它似乎太活泼了,一点也不怕生人,有时由树上跃到墙上,又跑到街上,在那里晒太阳。我们都很为它提心吊胆,一天都要"小猫呢?小猫呢?"地查问好几次。每次总要寻找了一回,方才寻到。三妹常指它笑着骂道:"你这小猫呀,要被乞丐捉去后才不会乱跑呢!"我回家吃中饭,总看见它坐在铁门外边,一见我进门,便飞也似的跑进去了。饭后的娱乐,是看它在爬树。隐身在阳光隐约里的绿叶中,好像在等待着要捉捕什么似的。把它抱了下来。一放手,又极快地爬上去了。过了二三个月,它会捉鼠了。有一次,居然捉到一只很肥大的鼠,自此,夜间便不再听见讨厌的吱吱的声了。

某一日清晨,我起床来,披了衣下楼,没有看见小猫,在小园里找了一遍,也不见。心里便有些亡失的预警。

"三妹,小猫呢?"

她慌忙地跑下楼来,答道:"我刚才也寻了一遍,没有看见。"

家里的人都忙乱地在寻找,但终于不见。

李嫂道："我一早起来开门，还见它在厅上。烧饭时，才不见了它。"

大家都不高兴，好像亡失了一个亲爱的同伴，连向来不大喜欢它的张婶也说："可惜，可惜，这样好的一只小猫。"

我心里还有一线希望，以为它偶然跑到远处去，也许会认得归途的。

午饭时，张婶诉说道："刚才遇到隔壁周家的丫头，她说，早上看见我家的小猫在门外，被一个过路的人捉去了。"

于是这个亡失证实了。三妹很不高兴地咕噜着道："他们看见了，为什么不出来阻止？他们明晓得它是我家的！"

我也怅然地、愤恨地在诅骂着那个不知名的夺去我们所爱的东西的人。

自此，我家好久不养猫。

冬天的早晨，门口蜷伏着一只很可怜的小猫。毛色是花白，但并不好看，又很瘦。它伏着不去。我们如不取来留养,至少也要为冬寒与饥饿所杀。张婶把它拾了进来,每天给它饭吃。但大家都不大喜欢它,它不活泼,也不像别的小猫之喜欢顽游,好像是具着天生的忧郁性似的,连三妹那样爱猫的,对于它也不加注意。如此地,过了几个月,它在我家仍是一只若有若无的动物。它渐渐地肥胖了,但仍不活泼。大家在廊前晒太阳闲谈着时,它也常来蜷伏在母亲或三妹的足下。三妹有时也逗着它玩,但没有对于前几只小猫那样感兴趣。有一天,它因夜里冷,钻到火炉底下去,毛被烧脱好几块,更觉得难看了。

春天来了,它成了一只壮猫了,却仍不改它的忧郁性,也不去捉鼠,终日懒惰地伏着,吃得胖胖的。

这时,妻买了一对黄色的芙蓉鸟来,挂在廊前,叫得很好听。妻常常叮嘱着张婶换水,加鸟粮,洗刷笼子。那只花白猫对于这一对黄鸟,似乎也特别注意,常常跳在桌上,对鸟笼凝望着。

妻道:"张婶,留心猫,它会吃鸟呢。"

张婶便跑来把猫捉了去。隔一会儿,它又跳上桌张婶默默无言，不能有什么话来辩护。

《猫》创作于1925年11月7日。1925年"五卅"惨案发生后,郑振铎与叶圣陶、胡愈之等创办《公理日报》,揭露和抨击帝国主义暴行。同年,他参加发起"中国济难会",与郭沫若、茅盾、胡愈之等人签名发表《人权保障宣言》。所以,这一篇既是在写猫,又何尝不是在写人和人权呢?

子对鸟笼凝望着了。

一天,我下楼时,听见张婶在叫道:"鸟死了一只,一条腿被咬去了,笼扳上都是血。是什么东西把它咬死的?"

我匆匆跑下去看,果然一只鸟是死了,羽毛松散着,好像它曾与它的敌人挣扎了许久。

我很愤怒,叫道:"一定是猫,一定是猫!"于是立刻便去找它。

妻听见了,也匆匆地跑下来,看了死鸟,很难过,便道:"不是这猫咬死的还有谁?它常常对鸟笼望着,我早就叫张婶要小心了。张婶!你为什么不小心?"

张婶默默无言,不能有什么话来辩护。

于是猫的罪状证实了。大家都去找这可厌的猫,想给它以一顿惩戒。找了半天,却没找到。我以为它真是"畏罪潜逃"了。

三妹在楼上叫道:"猫在这里了。"

它躺在露台板上晒太阳,态度很安详,嘴里好像还在吃着什么。我想,它一定是在吃着这可怜的鸟的腿了,一时怒气冲天,拿起楼门旁倚着的一根木棒,追过去打了一下。它很悲楚地叫了一声"咪呜!"便逃到屋瓦上了。

我心里还愤愤的,以为惩戒得还没有快意。

隔了几天,李嫂在楼下叫道:"猫,猫!又来吃鸟了。"同时我看见一只黑猫飞快地逃过露台,嘴里衔着一只黄鸟。我开始觉得我是错了!

我心里十分难过,真的,我的良心受伤了,我没有判断明白,便妄下断语,冤苦了一只不能说话辩诉的动物。想到它的无抵抗的逃避,益使我感到我的暴怒、我的虐待都是针,刺我的良心的针!

我很想补救我的过失,但它是不能说话的,我将怎样对它表白我的误解呢?

两个月后,我们的猫忽然死在邻家的屋脊上。我对于它的亡失,比以前的两只猫的亡失,更难过得多。

我永无改正我的过失的机会了!

自此,我家永不养猫。

1925 年 11 月 7 日于上海

失去的兔

"贼如果来了,他要钱或要衣服,能给的,我都可以给他。"

一家人饭后都坐在廊前太阳光中,虽是十月的时候,天气却不觉十分冷。太阳光晒在身上,透进一缕舒适的暖意。微风吹动翠绿的竹,长竿和细碎的叶的影子也跟了在地上动摇着。两只红眼睛的白兔,还有六只小兔,在小小的园中东奔西跑地找寻食物。我心里很高兴,微笑地对着大家忽然谈起贼的问题。

二妹摇摇头笑道:"世界上难有这样的好人。"

母亲笑道:"你哥哥他真的会做出来。前年,我们刚搬到这里来时,正是夏天,他把楼上的窗户都洞开了,一点警戒的心也没有。一个多月没有失去一件东西。他大意地说道:'这里倒还没有贼。'不料到了有一天晚上,忽然被贼不费力地偷去了一件春大衣、两套哗叽的洋装、一件羽毛纱的衣服,还有一个客人的衣衫。明早他起来了,不见了衣服,才查问了起来,看见楼廊上有一架照相箱落下,是匆促中来不及偷走的,栏杆外边的橡檐上有一块橡皮底鞋的印纹。他才知道了贼是从什么地方上来的。但他却不去报巡警,说道:'不要紧,让他拿去好了,我还有别的衣服穿呢。'你们看他可笑不可笑。后来贼被捉了,在警局里招出偷过某处某处。于是巡警把他们带来这里查问。一个是平常做生意人的样子,一个是很老实的老头子,如一个乡下初上来的愚笨的底下人。你哥哥道:'东西已被偷去了,钱已被花尽了。还追问他们做什么?'巡警却埋怨他一顿,说他为什么不报警局呢。"

三妹道:"哥哥对衣服是不稀罕的,偷去了所以不在意。如果把他的书偷走了,看他不暴怒起来才怪呢!前半个月,我见他要找一本书找不到,在乱骂人,后来才记起来被一个朋友带走了。他咕咕絮絮地自言自语道:'再不借人了,再不借人了。自己要用起来,却不在身边!'"她一边说,一边学着我着急的样子,逗引得大家都笑了。

祖母道:"你哥哥少时候真有许多怪脾气。他想什么,真会做出什么来呢。"

我正色地说道:"说到贼,他真不会偷到书呢!偷了书,又笨重,又卖不得多少钱。不过我对于贼,总是原谅他们的。人到了肚皮饿得叫着时,什么事做不出来!我们偶然饿了一顿,或迟了一刻吃饭,已经忍耐不住了,何况他们大概总是饿了几顿肚子的,如何不会迫不得已地去做贼。有一次,我在北京,到琉璃厂书店里去,见一部古书极好,便买了下来,把身上所有的钱都用尽了,连回家的车钱都没有了。近旁又无处可借。那是恰好是午饭时候,肚里饥饿得好像有虫要爬到嘴边等候着食物的入口。我勉强地沿路走着。见一路上吃食店里坐客满满的,有的吃了很满足地出来,有的骄傲地走了进去。我几次也想跟了他们走进。但一摸,衣袋里是空空的,终于不敢走进。但看见热气腾腾的馒头饺子陈列在门前。听见厨房里铁铲炒菜的声音,铁锅打得嗒嗒的声音,伙计们'火腿白菜汤一碗,冬菜炒肉丝一盘,烙饼十个,多加些儿油'地叫着,益觉得肚里饥饿起来,要不是被'法律'与'羞耻'牵住了,我那时真的要进去白吃一顿了。以此推之,他们饿极了的人,如何能不想法子去偷东西!况且,他们偷东西也不是全没有付代价的。半夜里人家都在被窝中暖暖地熟睡着,他们却战战兢兢地在街角巷口转着。审慎了又审慎,迟疑了又迟疑,才决定动手去偷。爬墙,登屋,入房,开箱,冒了多少危险,费了多少力气,担了多少惊恐。这种代价恐怕万非区区金钱所能抵偿的呢。不幸被捉了,还要先受一顿打,一顿吊,然后再坐监中几个月或几年。从此无人肯原谅他，无人肯有职业给他。'他是做过贼的，'大家都是如此地指目讥笑着他，且都避之若虎狼。其实他们岂是甘心做贼的！世上有许多人，贪官、军阀、奸商、少爷等等，他们却都不费一点力，不担一点惊，安坐在家里，明明地劫夺、偷盗一般人民的东西，反得了荣誉，恭敬，挺胸凸腹地出入于大聚会场，谁敢动他们一根小毫毛。古语说，'窃钩者诛，窃国者侯'真是不错！"我越说越气愤，只管侃侃地说下去，如对什么公众演说似的。

"哥哥在替贼打抱不平呢。"三妹道。

"你哥哥的话倒还不错，做了贼真是可怜。"祖母道。

"况且，贼也不是完全不能感化的。某时，有一个官，知道了家里梁上有贼伏着，他便叫道：'梁上君子，梁上君子，请你下来，我们谈谈。'贼怕得了不得，战战兢兢地下梁来，跪在他面前求赦，他道：'请起来。你到这里来，自然是迫不得已的。你到底要用多少钱，告诉我，我可以给你。'这个出于意外的福音，把贼惊得呆了,他一句话也说不出,半晌,才嗫嚅地说道:'求老爷放了我出去,下次再不敢来了。'某官道:'不是这样说,我知道你如果不是因为没有饭吃,也决不至于做贼的。'说时,便踱进了上房,取出了十匹布,十两银子,说道:'这些给你去做小买卖。下次再不可做这些事了。本钱不够时,再来问我要。'贼带了光明有望的前途走了回去,以后便成了一个好人。我还看了一部法国的小说。它写一个流落各地的穷汉,有一次被一个牧师收在他家里过夜。他半夜时爬起床来偷了牧师的一只银烛台逃走了。第二天,巡警捉了这个人到牧师家里来,问牧师那只烛台是不是他家的。牧师笑道:'是的,但我原送给他两只的,为什么他只带了一只去?'这个流浪人被感动得要哭了。后来,改姓换名,成为社会中一个很著名的人物。可知人原不是完全坏的,社会上的坏人都是被环境迫成的。"

大家都默默无语,显然的是都同情于我的话了。太阳光还暖暖地晒着,竹影却已经长了不少。祖母道:"坐得久了,外面有风,我要进去了。"

母亲、二妹、三妹都和祖母一同进屋去了,廊上只有我和妻二人留着。

"看那小兔,多有趣。"妻指着墙角引我去看。

约略只有大老鼠大小,长长的两只耳朵,时时耸直起来,好像在听什么,浑身的毛,白得没有一点污瑕,不像它们父母那么样已有些淡黄毛间杂着,两只眼睛红得如小火点一样,正如大地为大雪所掩盖时,雪白的水平线上只露出血红的半轮夕阳。我没有见过比它们更可爱的生物。它们有时分散开,有时奔聚在母亲的身边,有时它们自己依靠在一处,它们的嘴,互相磨擦着,像是很友爱的。有时,它们也学大兔的模样,两只后足一弹,跳了起来。

"来喜,拿些菠菜来给小兔吃。"妻叫道。

菠菜来了,两只大兔来抢吃,小兔们也不肯落后,来喜把大兔赶开了,小兔们也被吓跑了。等一刻,又转身慢慢地走近来吃菜了。

"看小兔,看小兔,在吃菜呢。"几个邻居的孩子立在铁栅门外望着,带着好奇心。

妻道:"天天有许多人在门外望着,如不小心,恐怕要有人来偷我们的兔子。"

"不会的,不会的,他们爬不进门来,"我这样慰着妻,但心里也怕有失,便叫道:"根才,根才,晚上把以前放兔子的铁笼子仍旧拿出来,把兔子都赶进笼里去。散在园里怕有人要偷。"根才答应了。

第二天早晨,我下了楼,第一件事便是去看兔子,但是园里不见一只兔子的影子。再找兔笼子也不见了。

"根才,根才,你把兔笼放在哪里去了?"我吃惊地叫着。

"根才不在家,买小菜去了。"张妈答应道。

"你晓得根才把兔笼子放在哪里?"我问张妈。

"我不晓得,昨天晚上听见根才说,把兔子赶了半天,才一只一只捉进笼去。后来就不晓得他把笼子放在哪里了。"张妈答道。

我到处找,园中、廊上、厅中、厨房中、后天井、晒台上、书房中,各处都找遍了,兔子既不见一只,兔笼子也无影无踪。

"该死，该死！一定被什么贼连笼偷走了。"我开始有些愤急了。

妻和三妹也下楼来帮我寻找，来喜也来找。明知道这是无益的寻找，却不肯就此甘心失去。

我躺在书房中的沙发上，想念着：大兔们还不大可惜，小兔们太可爱了，刚刚是最有趣的时期，却被偷走了。贼呀，该死！该死！为什么不偷别的，却偷了兔去！能卖得多少钱？为什么不把兔拿回来换钱？巡警站在街上做什么的？见贼半夜三更提了兔笼走，难道不会阻止？根才也该死，为什么不把兔笼放到厅上来？

我诅咒贼，怨恨贼，这是第一次。我失了衣服，失了钱，都不恨；但这一次把可爱的小兔提走了，我却病痛地恨怒了他！这个损失不是金钱的损失！

……唉，大姐问我们要过，二妹的朋友也问我们要过，我都托辞不肯给，如今全都失去了。早知这样，还是分给人家的好。

"一定没有了，一定被贼偷去了！都是你！你昨天如果不叫根才把兔都捉进笼，一定不会全都失去的！散在园中，贼捉起来多么费力，他们一定不敢来捉的。现在好了，笼子，兔子，一笼子都被捉去了。倒便宜了贼，替他装好在笼子里，提起来省力！"妻在寻找了许久之后，也进了书房，带埋怨似的说着。我两手捧着头，默默无言。

"小兔子，又有几只，一只，二只。"是来喜的声音，在园中喊着，我和妻立刻跳起来奔出去看。

"什么，小兔子已经找到了么？"我叫问着，心里突突地惊喜地跳着。

"不是的，是第二胎的小兔子，还很小呢，只生了两只。"来喜道。

墙角的瓦堆中，不知几时又被大兔做了一个窝，底下是用稻草垫着，草上铺了许多从母兔身上落下的柔毛，上面也是柔毛，做成了一个穹形的顶盖，很精巧，很暖和，两只极小的小兔，大约只有小白鼠大小，眼睛还没有睁开，浑身的毛极薄极细，红的肉色显露在外，柔弱无能力的样子，使人一见就难过。

又加了一层的难忍的痛苦与悲悯。

母兔去了,谁给它们乳吃呢?难道看它们生生地饿死!该死的贼,该杀的贼;简直是犯了万恶不可赦的谋杀罪!

"根才怎么还不回来!快去叫巡警去,一定要捉住这偷兔贼,太可恨了!叫他们立刻去查!快些把母兔捉回来!"我愤急地叫着。

"唉!只要贼肯把兔子送回来,什么价钱都肯出,并且决不追究他的偷窃的罪!"我又似对全城市民宣告似的自语着。

我们把那两只可怜的小兔从瓦堆中捉出,放在一个竹篮中,就当作它们的窝。

我不敢正眼看他们那种柔弱可怜的惨状。

"快些倒点牛奶给它们吃吧!"我无望地,姑且自慰地吩咐道。

"没有用,没有用,它们不肯吃的。"张妈道。

我着急地叫道:"不管它们吃不吃,你去拿你的好了;不能吃,难道看他们生生地饿死!"

"少爷要,你去拿来好了。"妻说道。

牛奶拿来了,我把它们的嘴放在奶盘中。好像它们的嘴曾动了几动,后来又匍匐地浑身抖战地很费力地爬开了,毫没有要吃的意思。我摇摇头,什么方法也没有。

根才在大家忙乱中提了一大盘小菜进来。

"根才,你把兔笼子放在哪里的?"我道。

"根才,兔子连笼子都不见了!"妻道。

根才惶惑地说道:"我把它放在廊前的,怎么会被偷了?"

我怒责道:"为什么放在廊前?为什么不取来放在客厅上?现在,你看,"我手指着那两个未睁开眼睛的小兔说,"这两只小兔怎么办?都是你害了它们!"

根才无话可答,只摇摇头,半晌,才说道:"平日放在园中都不会失去。太小心了,反倒不好了。"

我走进书房,取了一张名片,写上几个字,叫根才去报巡警,请他们立刻去找。

根才回来了,带了一句很简单的话来:"他们说,晓得了。"

我心里很不高兴。妻道:"时候不早了,你到公事房去吧。"

在公事房里,我无心办事,一心只记念着失去的兔,尤其是那两只留存的未睁眼的小兔。我特地小心地去问了好几个同事,有什么方法可以养活它们。又到图书馆,立等地借了几册论养兔的书来,他们都不能给我以一点光明。

午饭时,到了家,问道:"小兔呢?怎么样了?"

"很好,还活泼。"妻道。

竹篮上盖了一张报纸,两只小兔在报纸下面沙沙地挣爬着,我不忍把报纸揭开来看。

下午,巡警还没有什么消息报告给我们。我又叫根才去问他们一趟。警官微笑地说道:"兔子么?我们一定代你们慢慢地查好了,不过上海地方太大了,找得到否,我们也不知道。"

要他们用心去找是无望的了。他们怎么肯为了几只兔子去探访呢?

姐夫来了,他的家住在西门,我特地托他到城隍庙卖兔的地方去看看,有没有像我们家里的兔在那里出卖。

又一天过去了,姐夫来说,那里也没有一毫的影迹。恐怕是偷兔的人提了笼沿街叫卖去了。

两只小兔还在竹篮中沙沙地挣爬着。我一点方法也没有。又给牛奶它们吃,强灌了进去,不久又都吐了出来。

"唉,无望,无望!"我这样时时叹息着。

祖母不敢来看小兔子,只说:"可怜,可怜,快些给它们奶吃。"

母亲拿了牛奶去灌了它们几次,但也无用。

到了三天了,竹篮里挣爬的声音略低了些,我晓得这两个小小的可怜的生物,临绝命之期不远了。但我不敢揭开报纸的盖去望望它们。

"有一只不能动了,快要死了,还有一只好一点,还能够在篮上挣爬。"午饭时三妹见了我这样说。

我见来喜用火钳把倒死在地上的那只小兔钳到外

面。妻掩了脸不敢看,我坐在沙发上叹息。

"贼,可诅咒的贼!唉,生生地饿死了这两只可怜的生物,真是万死不足以蔽辜!只要我能捉住你呀……"我紧紧地握着双拳,这样想着。如果贼真的到了我的面前,我一定会毫不踌躇地一拳打了下去。

再隔一天,剩下的那只小兔也倒毙在竹篮中了。

"贼,该死的贼……"我咬紧了牙根,这样诅咒着,不能再说别的话了。

"哥哥失去了兔子,比失去了什么都痛心些;他现在很恨贼,大概不肯再替贼打抱不平了。"仿佛是三妹在窗外对着什么人说道。

我心里充满了痛苦、悲悯、愤怒与诅咒,抱了头默默地坐在书房中。

压岁钱

家里的几个小孩子,老早就盼望着大年夜的到来了。十二月十五,他们就都放了假,终日在家里,除了温温书,读读杂志、童话,或捉迷藏,踢毽子,或由大人们带他们出去看电影以外,便梦想着新年前后的热闹与快活。他们聚谈时,总提到新年的作乐的事,他们很早就预算着新年数日间的计划。

小妹最活泼,两颊如苹果般的红润,大哥一回家便不自禁地要去抱她,连连地亲她,有时把她捉弄得着急起来要哭了,还不肯放松。她常拍着两手,咕嘟着可爱的嘴,撒娇似的说道:"姊姊,大年夜怎么还不来?"三妹一年一年地长大了,现在不觉得已是一个婀娜动人的女郎了,便应道:"不要性急!今天是十六,还有两个礼拜就是大年夜了。"

说到大年夜,那真是儿童们最快乐的一夜。他们见到许多激动而有趣的事与物,他们围着火堆,戴了花面具跳舞,他们有压岁钱,这些钱可以给他们自由花用。一切都是有味的,都是蕴蓄无穷的乐趣的。

近二十时,家里开始忙乱起来了,厨子买了许多鸡鸭鱼肉来;孩子们天天见他杀鱼杀鸡鸭,有的用盐腌,有的浸在酱油中,都觉得是平常所未有过的。隔了几天,瓦檐前已挂起许多腊货来了。家里的每个人都忙着,二妹、三妹也去帮忙,只有小妹、小弟和倍倍旁观着,有时带着诧异的神情望着,有时却不休地问着,问得大人们也都讨厌起来。

地板窗户都揩洗过了,椅上也加了红缎垫子,桌前围了红缎围布，铜的、锡的烛台都用瓦灰擦得干干净净；这是张妈、李妈、来喜们的成绩，母亲也曾亲自动手过。

大年夜一天天近了，孩子们一天天地益发高兴起来。二十八日，厨子带了一个大猪头来，这引动了孩子们的好奇心，窝蜂似围拢来看。母亲叫张妈取了一大盆水来，把猪头放在水盆中，母亲自己、来喜、张妈和二妹，每个人都手执一把钳子，去钳猪头上的细毛。费了半天的工夫才把猪头钳洗干净了。

二十九日，厨房里灯火点得亮亮的，厨子和李妈忙得没有一刻空闲，他们在蒸米粉做年糕。厨子拿了热气腾腾的大堆的糕团，在石臼中舂捣；孩子们见他执了大石锤，一下一下，很吃力地舂着，觉得他的气力真是不可思议地大。舂完了，三妹首先问他要一点糕团来，掐做好些有趣的东西，人呀、兔呀、猴子呀，她都会做。小妹、小弟学样，也去问厨子要糕团。

"你们也要做什么？又不会做东西。"他故意地嗔责道。

小弟哭丧着脸,如受了重大打击似的,一声不响地站着,小妹却生气了。

"三姊有,我们为什么不能有?你怎么知道我不会做什么?告诉妈妈去,你敢不给我!"

厨子带笑地摘了两小块糕团给他们,一人给一块,说道:"不要气,同你玩玩,不要气。"小弟还咕嘟着嘴不大高兴。

大年夜终于到来了!

早上,一切的筹备都已就绪了。大家略略地觉得安闲些。大哥还要到公司里去做半天工,因为要到下午才放假。店家要账的人,陆续地来了,母亲和嫂嫂一个个地付钱,把他们打发走。到了午后,母亲在房里包压岁钱,嫂嫂和二妹、三妹在祖宗牌位前面摆设香炉烛台;厨子在劈柴,一根根地劈得很细,来喜帮他把柴堆在天井中,很整齐地堆列着,由下堆到上。小妹、小弟和倍倍在房里围着大哥,抢着要他刚才买回家的种种花面具。

"我要那个红脸的。"小弟道。

"我要那个白脸有长胡子的。"小妹道。

倍倍伸了两只小手道:"爹爹,我也要,我也要!"

大哥把红脸的给小弟,白脸有须的给小妹,剩下一个黑脸的给倍倍。孩子们拿了花面具,立刻嘻嘻哈哈地戴到脸上去,各自欲吓别人。

"你长了胡子了,脸怎么白得和壁上的石灰一样?"

"你才好看哩,怕人的红脸,和强盗似的!"

倍倍不说话,戴了黑的面具,立刻到大厅上去找他的母亲。"姆妈,姆妈,我的脸好看不好看?"他很起劲地说道。

"真有趣,黑黑的脸,倍倍,你这个花面具真好,谁买给你的?"

"爹爹,他给我的。"

说时,小弟、小妹也都跑来了,大厅上立刻充满了孩子们的笑声和哄闹声。

晚上,先供祭了祖先,大家都恭恭敬敬地跪拜着,哥哥却只鞠了三下躬。倍倍拜时,几乎是伏在地上,大家都哄堂地笑了。然后,母亲带小弟到灶下去,叫

他取了火钳,在灶中钳了一块熊熊燃烧着的柴来,放在天井柴堆中。这个柴堆也烧了起来。黑暗的天井中,充满了火光,人影幢幢地往来。来喜把盐一把一把地掷在柴堆中,它便噼啪噼啪地爆响起来。小妹也学样,掷了不少盐进去。

母亲道:"好了,不要再掷了。"她还是不肯停止。

大厅上摆设了桌子,大大小小都围在桌上吃年饭。没有在家的人,也设有座位,杯前也放着一副杯箸。天井中柴堆还只是烧着,来喜在那里照料。

饭后,母亲分压岁钱了,二妹、三妹都是十块钱,小妹、小弟和倍倍,则每人一块钱,都用红纸包了。小弟接了钱,见只有一块,立刻失望地不高兴起来。

"姆妈答应过给我五块钱,去订一年《儿童话报》,还买一部滑冰车。怎么只有一块钱?我不要!"

说时,他把钱锵的一声抛在桌上。母亲道:"做什么?你,大年夜还要发脾气!你看,小妹、倍倍都安安静静没有说一句话。"

小弟急得嘴边扁皱起来,快要哭了。

"大年夜不许哭,哭就打!"母亲道。

大哥连忙把小弟连劝带骗地哄到书房里来。

"不要着急,等一等我给你钱。唉,弟弟,你知道我小时有多少压岁钱?哪里像你们一样,有什么一块两块的!

"有一年,当我才八九岁时,我在大年夜的前几天,就预算好新年要用的钱和要买的东西了。我和大姊道:'去年祖母给二百钱做压岁钱,今年我大了一岁,一定可以给我五百钱。我要买花炮放,还要买糖人,还要和你及他们掷状元红,今年一定要赢你的。'我一切都计划得好好的,五百钱恰好够用。

"到了大年夜了,我十分快活,一心等候着祖母发压岁钱。饭后,祖母拿出一包包的红纸包,先递一包给大姊,又递一包给我。我一看,只有一百钱!那时,我真失望,好像跌入一个无底的暗洞中似的,觉得什么计划都打翻了;火炮、糖人都买不成,状元红也不配掷了。

"我哭声地问祖母道:'今年压岁钱怎么只有一百

钱？我不要！'

"祖母一句话也没有，眉毛紧皱着，好像有满脸心事似的。

"我见祖母不答应我，知道无望了，便高声地哭了起来。祖母道：'你哭你哭！要讨打了！大姊只有五十钱呢！她不哭，你哭！你晓得今年没有钱吗？'说时，她脸色凄然，好像倒也要下泪了。婶母见我哭了，连忙把我哄到她房里，说道：'乖乖的，不要哭，祖母今年实在没有钱。明年正月里一定会再给你的。'

"祖母在她房里自言自语道：'三儿钱还不寄来，只有两块钱了，今天又换了一块做压岁钱，怎么过日子！'她说时，声音有些哽咽了。婶母道：'你听，祖母说的话！她多疼爱你，有钱难道还不给你么？'

"我的气终于不能平下去。倒在床上抽噎了许久，才被婶母拉进房里去睡。那一个大年夜真是不快活的一个。第二天，听婶母对老妈子说，老太太昨夜曾暗自流泪了一回。后来，我见祖母开抽屉取钱打发地保上门贺喜的，去望了一望，真的，她抽屉里只有一块钱,另外还有压岁钱分剩的几百钱,此外半个钱也没有了。这个印象我到现在还极深刻地留着。唉!我真不应该使祖母伤心!"

弟弟倚在大哥怀里,默默地听着,在灯光底下,见大哥脸色很凄惨,眼角上微微地有几滴泪珠,书房里是死似的沉寂。

外面,大厅上,小妹和倍倍的喧闹、嬉笑的声音,时时地透达进来。

一个不幸的车夫

上学的路上,远远地瞧见一大堆人围在一块。马路的两旁商店里,也出来好几个人,由我身旁跑过去看。我顿时发生了好奇心,匆匆地走到那里,也挤进人群里去。只见一个衣服破烂的人倒在地上,身旁通是鲜红的血。一辆破洋车搁在一边,轮子弯了,车把也断了。洋车的旁边,又停着一部汽车,初升的太阳照着它,闪烁得发亮。两个游击队的兵士和一个巡警围守着倒地的人,不使闲人走近。一瞥之下,我就知道这个人是一个给汽车撞倒的不幸的车夫了。

一阵凄惨的感情,充溢在我的心上,很想立刻闭着眼睛挤出去,走我的路。但是不能……再仔细地看了一看,这个不幸的人,约有五十余岁的样子,"老态龙钟",瘦而且弱。半年多没有剪的长头发,已有一半是灰白的了。手上、脸上通是黑垢,破碎而单薄的衣裤也是龌龊不堪。不知他的伤在什么地方,只见得浑身都染有血迹的身子躺在地上,一点也不能动弹。脸色惨白得可怕。眼时时往上翻。虽然说不出话来,他的薄而褪色的嘴唇,却不住地一张一合,咳!嘴张得如此之大!话却总说不出来。显然是感得无限的痛苦。

凄惨与恐怖的情绪,一阵一阵地还是侵袭着我。再也忍不住了!我的视线只得避开他的身上。拿耳朵听站在旁边看热闹的人的话。

"他怎么会给汽车撞了的呢?"

"我看见他撞的。他拉着空车慢腾腾地经过这个胡同口。那个时候,恰好由胡同里跑出来那一辆汽车。

一瞥之下，我就知道这个人是一个给汽车撞倒的不幸的车夫了。

李大钊《可怜之人力车夫》曾讲:"北京之生活,以人力车夫为最可怜。终日穷手足之力,以供社会之牺牲,始赢得数十枚之铜元,一家老弱之生命尽在是矣。"人力车夫由此成为热门创作题材,有胡适和沈尹默的诗歌《人力车夫》,鲁迅的小说《一件小事》,郁达夫的小说《薄奠》,以及欧阳予倩的戏剧《车夫之家》等,巅峰之作无疑是老舍的《骆驼祥子》。

叫笛呜呜响。不知他为什么听不见,不躲开,还是慢慢地走。汽车夫一时停不住车,就把他撞倒了。""这样宽的一条大路还躲不开,难道他是聋子,听不见汽车的叫笛响么?"

"咳!可怜!这一定是他命里注定,应该是死在汽车的轮子底下。"

胡同口的北首,摆着一排的人力车。五六个车夫也围在一块议论。

"老四上哪里去了?是不是去通知他的家里?"

"是的,那一个巡警叫他去的。"

"老赵真可怜!大清早地由家里赶出来拉车,就撞见这个大祸,眼见就要不济了。不知道他家里得信,要哭得怎么样子呢!"

"可不是,他的家里整年地病在床上,这几天刚好了一些,听见老赵给汽车撞死,可不要叫她立刻也死去么。"

"咳!他不知做下了什么坏事,家里只是出灾难,好好地做买卖,本钱却赔得精光,接着他母亲又死了。

办好丧事,一个大子也没有剩下了。没有法子去拉车。想不到拉不到一年,却被汽车撞倒了。遗下一个病人,二个十岁以下的小孩,如果他真的死了,不知以后怎么样过日子呢?"

"他头一天到车厂里领车要拉,我就对他说:'老赵你是上年纪的人了,耳朵不大方便,身体也不大灵动。我劝你不要做这个费力气的苦买卖吧!你知道现在北京城里汽车一天一天地多,横撞直冲,我们拉车的不是常有给它撞死的么?'他叹了一口气回答道:'我怎么不知道。要另外有一条路走,我还肯把这副老骨头吃这个苦么?'我听他这样说,只得随他去了。却不知道他今天真吃汽车的亏。"

"有一天,我看见他带着病出去拉车。我就说:'老赵将息一天吧!何必带着病去做买卖。'他叹了一口气道:'一个铜子也没有了。昨天晚上还没有吃东西。不拉,今天吃什么?'咳!我们做苦买卖的真苦!"

"我只怪汽车不好。横撞直冲,总得要我们留神避它。真是可恶不过,他们有钱的人,坐在上面舒舒服服的。我们吃了它的灰尘臭气不算,一不留神,还要把性命送在它的轮下。横竖压死了我们一二个人,不过花了几十块钱,不算什么事。咳!他们吃一顿饭也要花上二三十块钱,买一匹马也要好几百大洋。我们穷人的性命真贱呀!……"

说话的车夫说得伤心,眼圈一红,几乎掉下眼泪来,哽咽着再也不能往下说。抬头看其余的车夫时,眼圈子也都早红了。

车夫静默了,看热闹的却愈聚愈多。我挤在群众中,气闷不过,只得挤出去,仍旧走我的路。可是凄惨与恐怖总驱逐不去。在人们的无尽的生命流中,我永久记念着这个脸色灰白、眼白上翻、嘴唇时时开合的不幸的车夫。

北 平

你若是在春天到北平,第一个印象也许便会给你以十分的不愉快。你从前门东车站或西车站下了火车,出了站门,踏在了北平的灰黑的土地上时,一阵大风刮来,刮得你不能不向后倒退几步;那风卷起了一团的泥沙;你一不小心便会迷了双眼,怪难受的;而嘴里吹进了几粒细沙在牙齿间萨拉萨拉地作响。耳朵壳里,眼缝边,黑马褂或西服外套上,立刻便都积了一层黄灰色的沙垢。你到了家,或到了旅店,得仔细地洗涤了一顿,才会觉得清爽些。

"这鬼地方!那么大的风,那么多的灰尘!"你也许会很不高兴地诅咒说。

风整天整夜地呼呼地在刮,火炉的铅皮烟囱,纸的窗户,都在乒乒乓乓地相碰着,也许会闹得你半夜睡不着。第二天清早,一睁开眼,呵,满窗的黄金色,你满心高兴,以为这是太阳光,你今天将可以得一个畅快的游览了。然而风声还在呼呼地怒吼着。擦擦眼,拥被坐在床上,你便要立刻懊丧起来。那黄澄澄的、错疑作太阳光的,却正是漫天漫地地吹刮着的黄沙!风声吼吼地还不曾歇气。你也许会懊悔来这一趟。

但到了下午,或到第三天,风渐渐地平静起来。太阳光真实地黄亮亮地晒在墙头,晒进窗里。那份温暖和平的气息儿,立刻便会鼓动了你向外面跑跑的心思。鸟声细碎地在鸣叫着,大约是小麻雀儿的唧唧声居多。——碰巧,院子里有一株杏花或桃花,正含着苞,浓红色的一朵朵,将放未放。枣树的叶子正在努力地向外崛起。——北平的枣树是那么多，几乎家家天井里都有一株两株的。柳树的柔枝儿已经透露出嫩嫩的黄色来。只有硕大的榆树上，却还是乌黑的秃枝，一点儿什么春的消息都没有。

你开了房门，到院子里，深深地吸了一口气。啊，好新鲜的空气，仿佛在那里面便挟带着生命力似的。不由得不使你神清气爽。太阳光好不可爱。天上干干净净没有半朵浮云，俨然是"南方秋天"的样子。你得知道，北平当晴天的时候，永远的那一份儿"天高气爽"的晴明的劲儿，四季皆然，不独春日如此。

太阳光晒得你有点暖得发慌。"关不住了！"你准会在心底偷偷地叫着。

你便准得应了这自然之招呼而走到街上。

但你得留意，即使你是阔人，衣袋里有充足的金洋银洋，你也不应摆阔，坐汽车。被关在汽车的玻璃窗里，你便成了如同被蓄养在玻璃缸的金鱼似的无生气的生物了。你将一点也享受不到什么。汽车那么飞快地冲跑过去，仿佛是去赶什么重要的会议。可是你是来游玩，不是来赶会。汽车会把一切自然的美景都推到你的后面去。你不能吟味，你不能停留，你不能称心如意地欣赏。这正是猪八戒吃人参果的勾当。你不会蠢到如此的。

北平不接受那么摆阔的阔客。汽车客是永远不会见到北平的真面目的。北平是个"游览区"。天然地不欢迎"走车看花"——比走马看花还杀风景的勾当——的人物。

那么，你得坐"洋车"——但得注意：如果你是南人，叫一声"黄包车"，准保个个车夫都不理会你，那是一种侮辱，他们以为。（黄包，北音近于王八。）或酸溜溜地招呼道"人力车"，他们也不会明白的。如果叫道"胶皮"，他们便知道你是从天津来的，准得多抬些价。或索性洋气十足地，叫道"力克夏"，他们便也懂，但却只能以"毛"为单位地给车价了。

"洋车"是北平最主要的交通物。价廉而稳妥，不快不慢，恰到好处。但走到大街上，如果遇见一位漂亮的姑娘或一位洋人在前面车上，碰巧，你的车夫也是一位年轻力健的小伙子，他们赛起车来，那可有点危险。

干脆走路，倒也不坏。近来北平的路政很好，除了冷街小巷，没有要人、洋人住的地方，还是"无风三尺土，有雨一街泥"之外，其余冲要之区，确可散步。

出了巷口，向皇城方面走。你便将渐入佳景的。黄金色的琉璃瓦在太阳光里发亮光；土红色的墙，怪有意思地围着那"特别区"。入了天安门内，你便立刻有应接不暇之感。如果你是聪明的，在这里，你必得跳下车来，散步地走着。那两支白石盘龙的华表，屹立在中间，恰好烘托着那一长排的白石栏杆和三座白石拱桥，表现出很调和的华贵而苍老的气象来，活像一位年老有德、饱历世故、火气全消的学士大夫，没有丝毫的火辣辣的暴发户的讨厌样儿。春冰方解，一池不浅不溢的春水，碧油油得可当一面镜子照。正中的一座拱桥的三个桥洞，映在水面，恰好是一个完全的圆形。

你过了桥，向北走。那厚厚的门洞也是怪可爱的。（夏天是乘风凉最好的地方）。午门之前，杂草丛生，正如一位不加粉黛的村姑，自有一种风趣。那左右两排小屋，仿佛将要开出口来，告诉你以明清的若干次的政变，和若干大臣、大将雍雍锵锵地随驾而出入。这里也有两支白色的华表，颜色显得黄些，更觉得苍老而古雅。无论你向东走，或向西走——你可以暂时不必向北进端门，那是历史博物馆的入门处，要购票的——你可以见到很可愉悦的景色。出了一道门，沿了灰色的宫墙根，向西北走，或向东北走，你便可以见到护城河里的水是那么绿得可爱。太庙或中山园后面的柏树林是那么苍苍郁郁的，有如见到深山古墓。和你同道走着的，有许多走得比你还慢、还没有目的的人物；他们穿了大袖的过时的衣服，足上登着古式的鞋，手上托着一只鸟笼，或臂上栖着一只被长链锁住的鸟，懒懒散散地在那里走着。有时也可遇到带着一群小哈叭狗的人，有气势地在赶着路。但你如果到了东华门或西华门而折回去时，你将见他们也并不曾往前走，他们也和你一样地折了回去。他们是在这特殊幽静的水边溜跶着的！溜跶，是北平人生活的主要的一部分；他们可以在这相同的水边、城墙下，溜跶整个半天，天天如此，年年如此。除了刮大风，下大雪，天气过于寒冷的时候。你将永远猜想不出，他们是怎样过活的。你也许在幻想着，他们必定是没落的公子王孙，也许你便因此凄怆地怀念着他们的过去的豪华和今日的沦落。

啪的一声响，惊得你一大跳，那是一个牧人，赶了一群羊走过，长长的牧鞭打在地上的声音。接着，一辆一九三四年式的汽车呜呜地飞驰而过。你的胡思乱想为之撕得粉碎——但你得知道，你的凄怆的情感是落了空。那些臂鸟驱狗的人物，不一定是没落的王孙，他们多半是以驯养鸟狗为生活的商人们。

你再进了那座门，向南走。仍走到天安门内。这一次，你得继续向南走。大石板地，没有车马的经过，将前面的高大的城楼作为你的目标。左右全都是高及人头的灌木林子。在这时候，黄色的迎春花正在盛开，一片喧闹的春意。红刺梅也在含苞。晚开的花树，枝头也都有了绿色。在这灌木林子里，你也许可以徘徊个几小时。在红刺梅盛开的时候，连你的脸色和衣彩也都会映上红色的笑影。散步在那白色的、阔而长的大石道，便是一种愉快。心胸阔大而无思虑。昨天的积闷，早已忘得一干二净。你将不再对北平有什么诅咒。你将开始发生留恋。

你向南走，直走到前门大街的边沿上，可望见东、西交民巷口的木牌坊，可望见你下车来的东车站或西车站，还可望见屹立在前面的很宏伟的一座大牌楼。乱纷纷的人和车，马和货物；有最新式的汽车，也有最古老的大车，简直是最大的一个运输物的展览会。

你站了一会儿，觉得看腻了，两腿也有点发酸了，你便可以向前走了几步，极廉价地雇到一辆洋车，在中山公园口放下。

这公园是北平很特殊的一个中心。有过一个时期，当北海还不曾开放的时候，她是北平唯一的社交的集中点。在那里，你可以见到社会上各种各样的人物——

当然无产者是不在内,他们是被几分大洋的门票摈在园外的。你在那里坐了一会儿,立刻便可以招致了许多熟人。你不必家家拜访或邀致,他们自然会来。当海棠盛开时,牡丹、芍药盛开时,菊花盛开时的黄昏,那里是最热闹的上市的当儿。茶座全塞满了人,几乎没有一点儿空地。一桌人刚站了起来,立刻便会有候补的挤了上去。老板在笑,伙计们也在笑。他们的收入是如春花似的繁多。直到菊花谢后,方才渐渐地冷落了下来。

你坐在茶座上,舒适地把身体堆放在藤椅里,太阳光满晒在身上,棉衣的背上,有些热起来。前后左右,都有人在走动,在高谈,在低语。坛上的牡丹花,一朵朵总有大碗粗细。说是赏花,其实,眼光也是东溜西溜的。有时,目无所瞩、心无所思的,可以懒懒地呆在那里,整整地呆个大半天。

一阵和风吹来,遍地白色的柳絮在团团地乱转,渐转成一个球形,被推到墙角。而漫天飞舞着的棉状的小块,常常扑到你面上,强塞进你的鼻孔。

如果你在清晨来这里,你将见到有几堆的人,老少肥瘦俱齐,在大树下空地上练习打太极拳。这运动常常邀引了患肺痨者去参加,而因此更促短了他们的寿命。而这时,这公园里也便是肺痨病者们最活动的时候。瘦得骨立的中年人们,倚着杖,蹒跚地在走着——说是呼吸新鲜空气——走了几步,往往咳得伸不起腰来,有时,喀的一声,吐了一大块浓痰在地上。为了这,你也许再不敢到这园来。然而,一到了下午,这园里却仍是拥挤着人。谁也不曾想到天天清晨所演的那悲剧。

园后的大柏树林子,也够受糟蹋的。茶烟和瓜子壳,熏得碧绿的柏树叶子都有点显出枯黄色来,那林子的寿命,大约也不会很长久。

和中山公园的热闹相陪衬的,是隔不几十步的太庙的冷落。不知为了什么,去太庙的人到底少。只有年轻的情人们,偶尔一对两对地避人到此密谈。也间有不喜追逐在热闹之后的人,在这清静点儿的地方散步。这里的柏树林,因为被关闭了数百年之后,而新被开放之故，还很顽健似的，巢在树上的"灰鹤"也还不曾搬家他去。

太庙所陈列的清代各帝的祭殿和寝宫，未见者将以为是如何地辉煌显赫，如何地富丽堂皇，其实，却不值一看，一色黄缎绣花的被褥衣垫，并没有什么足令人羡慕。每张供桌上所列的木雕的杯碗及烛盘等等，还不如豪富人家的祖先堂的讲究。从前读一明人笔记，说到明孝陵参观上供，见所供者不过冬瓜汤等等极淡薄贱价的菜。这里在皇帝还在宫中时，祭供时，想也不过如此。是帝王和平民，不仅在坟墓里同为枯骨，即所馨享的也不过如此如此而已。

你在第二天可以到北城去游览一趟，那一边值得看的东西很不少。后门左近有国子监、钟楼及鼓楼。钟、鼓楼每县都有之，但这里，却显得异常地宏伟。国子监，为从前最高的学府，那里边，藏有石鼓——但现在这著名的石鼓却已南迁了。由后门向西走，有什刹海；相传《红楼梦》所描写的大观园就在什刹海附近。这海是平民的夏天的娱乐场。海北，有规模极大的冰窖一区。海的面积,全都是稻田和荷花荡。(北平人的养荷花是一业,和种水稻一样。)夏天,荷花盛开时,确很可观。倚在会贤堂的楼栏上,望着骤雨打在荷盖上,那喷人的荷香和刹刹的细碎的响声,在别处是闻不到、听不到的。如果在芦席棚搭的茶座上听着,虽显得更亲切些,却往往棚顶漏水,而水点落在芦席上,那声音也怪难听的,有喧宾夺主之感。最佳的是夏已过去,枯荷满海,什刹海的闹市已经收场,那时,如果再到会贤堂楼上,倚栏听雨,便的确不含糊地有"留得残荷听雨声"之妙,不过,北平秋天少雨,这境界颇不易逢。

什刹海的对面,便是北海的后门。由这里进北海,向东走,经过澄心斋、松坡图书馆、仿膳、五龙亭,一直到极乐世界,没有一个地方不好。唯惜五龙亭等处,夏天人太闹。极乐世界已破坏得不堪,没有一尊佛像能保得不断胝折臂的。而北海之饶有古趣者,也只有这个地方。那个地方,游人是最少进去的。如果由后面向南走,你便可以走到北海董事会等处,那里也是开放的,有茶座,却极冷落。在五龙亭坐船,渡过海——冬天是坐了冰船滑过去——便是一个圆岛,四面皆水,以一桥和大门相通。岛的中央,高耸着白塔。依山势的高下,随意布置着假山、庙宇、游廊小室,那曲折的工程很足供我们作半日游。

如果,在晴天,倚在漪澜堂前的白石栏杆上,静观着一泓平静不波的湖水,受着太阳光,闪闪地反射着金光出来,湖面上偶然泛着几只游艇,飞过几只鹭鸶,惊起一串的呷呷的野鸭,都足够使你留恋个若干时候。但冬天,那是最坏的时候了,这场面上将辟为冰场,红男绿女们在番里奔走驰驶,叫闹不堪。你如果已失去了少年的心,你如果爱清静,爱独游,爱默想,这场面上你最好是不必出现。

出了北海的前门,向西走,便是金鳌玉��桥。这座白石的大桥,隔断了中南海和北海。北海的白日,如画映在水面上,而中海的万善殿的全景,也很清晰得可看到。中南海本亦为公园,今则又成了"禁地"。只有东部的一个小地方,所谓万善殿的,是开放着。

这殿很小,游人也极冷落,房室却布置得很好。龙王堂的一长排,都是新塑的泥像,很庸俗可厌。但你要是一位细心的人,你便可在一个殿旁的小室里,发现了倚在墙角无人顾问的两尊木雕的菩萨像。那形态面貌,无一处不美,确是辽金时代的遗物;然一尊则双臂俱折,一尊则胆部只剩了半边。谁还注意到他们呢?报纸上却在鼓吹着龙王堂的神像塑得有精神,为明代的遗物。却不知那是民国三四年间的新物!仍由中南海的后门走出,那斜对过便是北平图书馆,这绿琉璃瓦的新屋,建筑费在一百四十万元以上,每年的购物费则不及此数之十二。旧书并合了方家胡同京师图书馆及他处所藏的,新书则多以庚款购入。在中国可称是最大的图书馆。馆外的花园,邻于北海者,亦以白色栏杆围隔之;唯为廉价之水门汀所制成,非真正的白石也。

由北平图书馆再过金鳌玉蝀桥,向东走,则为故宫博物院。由神武门入院,处处觉得寥寂如古庙,一点儿生气都没有。想来,在还是"帝王家"的时代,虽聚居了几千宫女、太监们在内,而男旷女怨,也必是"戾气"冲天的。所藏古物,重要者都已南迁,游人们因之也廖落得多。

神武门的对门是景山。山上有五座亭,除当中最高的一亭外,多被破坏。东边的山脚,是崇祯自杀处。春天草绿时,远望景山,如铺了一层绿色的绣毡,异常地清嫩可爱。你如果站在最高处,向南望去,宫城全部,俱可收在眼底。而东交民巷使馆区的无线电台,东长安街的北京饭店,三条胡同的协和医院都因怪不调和而被你所注意。而其余的千家万户则全都隐藏在万绿丛中,看不见一瓦片、一屋顶,仿佛全城便是一片绿色的海。不到这里,你无论如何不会想象得到北平城内的树木是如何地繁密;大家小户,哪一家天井不有些绿色呢。你如站在北面望下时,则钟鼓楼及后门也全都耸然可见。

三大殿和古物陈列所总得耗费你一天的工夫。从西华门或从东华门入,均可。古物陈列所因为古物运走得太多,现在只开放武英殿,然仍有不少好东西。仅李公麟《击壤图》便足够消磨你半天。那人物,几乎没有一个没精神的,姿态各不相同,却不曾有一懈笔。

三大殿虽空无所有,却宏伟异常。在殿廊上,下望白石的"丹墀",不能不令你想到,那过去的充满了神秘气象的"朝庭"和叔孙通定下的"朝仪"的如何能够维持着帝王的神秘的尊严性。你如果富于幻想,闭了眼,也许还可以如见那静穆而紧张的随班朝见的文武百官们的精灵的往来。这里有很舒适的茶座。坐在这里,望着一列一列的雕镂着云头的白石栏杆和雕刻得极细致的陛道,是那么样地富于富丽而明朗的美。

你还得费一二天的工夫去游南城。出了前门,便是商业区和会馆区。从前汉人是不许住在内城的,故这南城或外城,便成了很重要的繁盛区域。但现在是一天天地冷落了。却还有几个著名的名胜所在,足供你的流连、徘徊。西边有陶然亭,东边有夕照寺、拈花寺和万柳堂。从前都是文士们雅集之地。如今也都败坏不堪,成为工人们编麻索、织丝线之地。所谓万柳也都不存在一株。只有陶然亭还齐整些。不过,你游过了内城的北海、太庙、中山公园,到了这些地方,除了感到"野趣"之外,也便全无所得的了。你或将为汉人们抱屈;在二十几年前,他们还都只能局促于此一隅。而内城的一切名胜之地,他们是全被摈斥在外的。别看清人诗集里所歌咏的是那么美好,他们是不得已而思其次的呢!

而现在,被摈斥于内城诸名胜之外的,还不依然是几十百万人么?

南城的娱乐场所,以天桥为中心。这个地方倒是平民的聚集之所;一切民间的玩意儿,一切廉价的旧货物,这里都有。

先农坛和天坛也是极宏伟的建筑。天坛的工程尤为浩大而艰巨,全是圆形的;一层层的白石栏杆、白石阶级,无数的参天的大柏树,包围着一座圆形的祭天的圣坛。坛殿的建筑,是圆的,四围的阶级和栏杆也都是圆的。这和三大殿的方整,恰好成一最有趣的对照。在这里,在大树林下徘徊着,你也便将勾引起难堪的怀古的情绪的。

这些，都只是游览的经历。你如果要在北平多住些时候，你便要更深刻地领略到北平的生活了。那生活是舒适、缓慢、吟味、享受，却绝对地不紧张。你见过一串的骆驼走过么？安稳、和平，一步步地随着一声声叮当叮当的大颈铃向前走，不匆忙，不停顿；那些大动物的眼里，表现的是那么和平而宽容、负重而忍辱的性情。这便是北平生活的象征。

和这些宏伟的建筑，舒适的生活相对照的，你不要忘记掉，还有地下的黑暗的生活呢。你如果有一个机会，走进一所"杂合院"里，你便可见到十几家老少男女紧挤在一小院落里住着的情形：孩子们在泥地上爬，妇女们是脸多菜色，终日含怒抱怨着，不时地，有咳嗽的声音从屋里透出。空气是恶劣极了；你如不是此中人，你便将不能作半日留。这些"杂合院"便是劳工、车夫们的居宅。有人说，北平生活舒服，第一件是房屋宽敞、院落深沉，多得阳光和空气。但那是中产以上的人物的话。百分之八九十的人口，是住在龌龊的"杂合院"里的，你得明白。

更有甚的，在北城和南城的僻巷里，听说，有好些人家，其生活的艰苦较住"杂合院"者为尤甚，常有一家数口合穿一条裤或一衣的。他们在地下挖了一个洞。有一人穿了衣裤出外了，家中裸体的几人便站在其中。洞里铺着稻草或破报纸，藉以取暖。这是什么生活呢！

年年冬天，必定有许多无衣无食的人，冻死在道上。年年冬天，必定有好几个施粥厂开办起来。来就食的，都是些可怕的窘苦的人们。然也竟有因为无衣而不能到粥厂来就吃的！

"九渊之下，更有九渊。"北平的表面，虽是冷落破败下去，尚未减都市之繁华。而其里面，却想不到是那样的破烂、痛苦、黑暗。

终日徘徊于三海公园乃至天桥的，不是罪人是什么！而你，游览的过客，你见了这，将有动于衷，而快快地逃脱出这古城呢，还是想到"我不入地狱谁入地狱"一类的话呢？

1934 年 11 月 3 日

而其里面,且想不到是那样的破烂、痛苦、黑暗。

铜铃似的眼睛/已经没有神了/瘦得像两根木材似的腿/颤抖抖的/靠着双手扶着墙/走着/有气没力的干嚷道:"饿杀哉!"(郑振铎《铜铃之什》)

北平杂忆

一

白鹭鸶蜷起了一只脚,独立在荷塘的一支木柱上,——图画似的岑寂。

二

紫葡萄一串串地挂在笼罩着天井的绿叶棚上,晶莹莹的像一串串的紫珠。

三

黑泥地上随风乱滚着的白色的柳絮,团结成一珠珠的棉花纱的圆球——呵,春的感觉。

四

牡丹坛边飘飞着一团一块的柳絮,强侵入鼻孔里去,怪难受的轻烟似的窒塞。

五

夏雨的足步,重重地急打在地上,扬起了一阵扑鼻的泥土气息。

六

晚湖明镜似的谧静——谁把双桨荡乱了它?

七

家家在用竹竿打着鸡脚爪似的丑相的枣树——地上扑落落乱滚着青色的半红的大枣子。

八

繁密地盛开着淡红色的杏花,被微风轻轻地一扫,便如春雨似的洒落满地——帽檐上也带回来了几瓣。

九

开了板门走出，一阵北风卷起了天井里的雪粉，迎面扑来——好冷啊！

一〇

一夜的狂风，把柔绿的池水冻结得像玻璃似的晶莹。

一一

穿戴着新衣帽，手执着长长的一串糖葫芦——从厂甸傲然地归来。

一二

在微明的小灯光里，叫卖声嗡嗡地四起。俯着身在细拣着喜爱的货色——怪能消磨时光的夜市。

一三

醒来时，满窗的黄影，错疑是一个晴明的春天——却是满天黄沙夹在暴风里呼呼地吹过。

一四

夕阳照在湖面上,像千千万万的金色的鱼在翻身。

一五

缓流着的河水,白鸭悠悠地游着,钓丝轻漾在水里,半枯的柳树懒懒地倚在岸边。

一六

清莹的绿河面上,歧头的慈菇勃乱地茁生着。

一七

静定的湖底,一条条的水草柔顺地随着游鱼的触过而飘荡着,映得满湖的翠绿。

一八

刚生了炉火的初冬,毛孔松舒舒的,怪不得劲。

一九

红红的煤球炉子,映得围坐的人脸上身上都是红色。开水壶呼呼地喷着气,似在欢愉地叫着。

二〇

一阵泥尘的云雾,在疾驰的汽车后面扬起,行人眯目掩鼻地躲避着过去。

二一

托着一笼黄鸟在御河沿溜达着,晚春的早晨是那样地甜静。

二二

夏夜散步着,有什么东西绊着足,是出来求食的刺猬啊。

二三

两部洋车夫赛跑似的疾跑面前。那车夫的急促的喘息之声,一声声如鞭似的抽打在心上。

二四

执着铿铿有声的透明的冰板,手指头像被利刃割破了似的僵痛着。

二五

急雨驶过山寺的廊前;山下的一边是明朗朗的太阳光呢。

二六

在圆明园的荒丘上乱踏着走，不知什么时候却为一道河所阻——前面倾斜的白石的柱宇是珍奇的西洋楼的废址。

二七

远望红山口的回式的堡垒，仿佛置身于过去的万里外的战场。

二八

百物并列、百戏竞陈的庙会——那不能忘的熙熙攘攘的北平的风光！

二九

急雨打在什刹海茶棚的顶上和海里的荷叶上，爆豆似的响着，荷香似更强烈地透入茶座。

三〇

清月如银色的梦，浸着孤吟的旅人——秋衣已经有些挡不住夜寒了。

清月如银色的梦,浸着孤吟的旅人——
秋衣已经有些挡不住夜寒了。

使生如夏花之绚烂,死如秋叶之静美。(郑振铎译泰戈尔《飞鸟集》一则)

三一

山柿如红灯笼似的挂在树头——西山的秋啊!

三二

秋把枫叶涂得血红,杂在秃了顶的干枯的树丛里,是那样地生气勃勃。

三三

独立在杏林下,杏花映得脸上衣上都带着浅红色。

三四

琉璃板似的冰上,滑过了一群嘻嘻哈哈的少年人,啪的一声,一个人往后坐下了,一脸的尴尬相。

三五

土红墙的边上,几只骆驼踱方步似的在炉灰似的干泥地上一步步地走着。

三六

车马辐辏的城门洞口,一个脸上黑炭似的汉子,反穿着黑白不明的羊皮袄子,牵了一只骆驼,挤夹在人和车的堆里踱方步似的慢慢地走着。驼铃叮当叮当地响着。好不悠闲啊。

三七

隔河是土红色的宫墙,河里长着碧油油的荷叶。一群羊被赶着走,咩咩地叫着。啪的一声,长鞭打在地上,羊群往前乱挤着跑。

三八

急雨打在满地的荷叶上,啪啪啦啦地响着。

三九

雨后,池荷好香啊,是花的清韵呢,还是叶的幽香?

四〇

暗绿色的古柏树下,茶座上坐着一群时装的少年男女们,是古与今的相接么?

四一

梅花的香味不知从什么地方透进来。

四二

独立在景山顶上,目送着夕阳西下。万家灯火,星星亮在脚底下了。

四三

下午的太阳正耀着眼,朝东望着,整个古城仿佛沉没在绿树的怀抱里。

四四

雪后,一片的白,站在金鳌玉𬟽桥上,望北海和中南海,仿佛身入图画中。

四五

"有取灯儿吗,借光一下?"一个洋车夫怯怯地说道。

四六

大热天,走得一头汗,站在街摊旁,喝下一碗酸梅汤。一丝冰线似的凉意,直透到胃里。

四七

蓝花的小磁碗里,滋长着生气勃勃的小荷花,供在案头。

四八

大客厅里，供着七八大盆的梅桩，无叶的枝干，倔强地有姿地长着。满厅子里是暗香。

四九

小市里闹洋洋的，谁都想拣些便宜货。偶在破书堆里，无意地得到了久觅不得的一册薄书。

五〇

坐在一块岩边，静听着对面的小泉在潺潺地流着。

五一

坐在玉泉山的石阶上，闭了眼听着：是松声，是水声。

五二

驴子倔强地走在山边，膝盖头都擦在岩上了，不知怎么能把它拉开。

避暑会

到处都张挂着避暑会的通告,在莫干山的岭下及岭脊。我们不晓得避暑会是什么样的组织,并且不知道以何因缘,他们的通告所占的地位和语气,似乎都比当地警察局的告示显得冠冕而且有威权些。他们有一张中文的通告说:

今年本山各工匠擅自加价,每天工资较去年增

加了一角。本避暑会董事决议，诸公匠此种行动，殊为不合。本年姑且依照他们所增，定为水木各匠，每天发给工资五角。待明年本会大会时再决定办法。此布。

莫干山避暑会（原文大意）

增加工资的风潮，居然由上海蔓延到乡僻的山中来了，我想。避暑会的力量倒不小，倒可以有权利操纵着全山的政治大权。大约这个会一定是全山的避暑者与警察当局共同组织的，或至少是得到当地政治当局的同意而组织的。后来，遇到了几位在山上有地产，而且年年来避暑的人，如鲍君、丁君，我问他们：

"避暑会近来有什么新的设备？"

"我不知道。"

"我们是向来不预闻的。"

这使我更加疑诧了。到底这个"莫干山避暑会"是由谁组织的呢？

"你能把这会的内容告诉我么?我很愿意知道这会里面的事。"有一天,我遇见了一位孙君这样地问他。

"我也不太清楚,都是外国人在那里主办的。"

"没有一个中国人在内么?"

"没有。"

"为什么不加入?"

"我也不晓得,不过听说中国人的避暑者也正想另外组织一个会呢。"

"年年来避暑的,如丁君、鲍君他们都连来了二十多年了,怎样没有想到这事?"

"他们正想联络全山的中国避暑者。"

"进行得如何了?什么时候可以成立?"

孙君沉默了一会儿,似乎怪我多问。

"我也不大仔细知道他们的事。"

几天又过了,我渐渐明白了这避暑会的事业:他们设了一个游泳池,一个很大的网球场,建筑都很好,管理得都很有秩序。还有一个大会堂,为公共的会议厅，为公共的礼拜堂，会堂之旁，另辟了一个图书馆，还有一个幼稚园。每一个星期，大约是在星期五，总有一次音乐合奏会在那里举行。一切事业都举办得很整齐的。

一天，一位美国人上楼来找我们了。他自己介绍说是避暑会派来的，因为去年募款建造大会堂，还欠下一万多块钱的债，要每年向上山避暑的人捐助一点，以便还清。

"你没有到过大会堂么？那边有图书馆，可以去看书借书，还有音乐会，每星期一次，欢迎你们大家都去听。还有幼稚园，儿童们可以去上课。"

我便乘机略问了避暑会的情形。最后，他说，他是沪江大学的教员。见我桌上放了许多书，布了原稿纸在工作，便笑着说："我每天上午也都做工，预备下半年的教材。"

我们写了几块钱的款，他道了谢，便走了。

原来，这个山，自开辟为避暑区域以来，不到四十年，最初来的是一个英国人施牧师，他买了二百多亩地,除留下十分之二三为公地,做球场、礼拜堂之用外,其余的都由教友分买了。到了后来,来的人一天一天地多,避暑区域也一天一天地扩大,施牧师虽然死了,而他的工作却有人继续着做去。

他们的人却不多,而且很复杂。据说,全山总计起来,中国避暑者却比他们多得很多。他们的国籍,有美、法、英、德;他们的职业,有教员,有牧师,有商人,有上海工部局里的巡捕头。我们愤怒他们之侵略,厌恶他们之横行与这种不问主人的越俎代谋的举动,然而我们自己则如何!

要眼不见他们的越俎代谋,除非是我们自己出来用力地干去,有条理地干去!

我们一向是太懒惰了,现在是非做事不可了!能做的便是好人,能一同向前走去、为公共而尽力的便是好人,能不因私意而阻挡别人之工作者便是好人!

这个愤谈却禁不住地要发。

本来要写《山中通信》第二封,第三封……的,因为工作太忙了,且赶着要把它做完,所以没有工夫再写下去。现在把回忆中所有的东西,陆续地写出,作为如上的《山中杂记》,虽然并不是真的在山中记的,却因为都是山中的事,便也如此题着了。

1926 年 8 月 30 夜追记

我们一向是太懒惰了,现在是非做事不可了!

从 1896 年第一位传教士在莫干山上建屋,到 1928 年国民政府收回莫干山,这地方一直是外国人的地盘;最多的时候,山上同时有五千个外国人在避暑,每天杀两三头牛,因为外国人要吃牛排。(据《莫干山志》)

月夜之话

是在山中的第三夜了。月色是皎洁无比,看着她渐渐地由东方升起来。蝉声叽——叽——叽——地曼长地叫着,岭下涧水潺潺的流声,隐略地可以听见,此外,便什么声音都没有了。月如银的圆盘般大,静定地挂在晚天中,星没有几颗,疏朗朗地间缀于蓝天中,如美人身上披的蓝天鹅绒的晚衣,缀了几颗不规则的宝石。大家都把自己的摇椅移到东廊上坐着。

初升的月,如水银似的白,把它的光笼罩在一切的东西上;柱影与人影,粗黑地向西边的地上倒映着。山呀,田地呀,树林呀,对面的许多所的屋呀,都朦朦胧胧的不大看得清楚,正如我们初从倦眼中醒了来,睁开了眼去看四周的东西,还如在渺茫梦境中似的;又如把这些东西都幕上了一层轻巧细密的冰纱,它们在纱外望着,只能隐约地看见它们的轮廓;又如春雨连朝,天色昏暗,极细极细的雨丝随风飘拂着,我们立在红楼上,由这些蒙雨织成的帘中向外望着。那么样地静美,那么样柔秀的融合的情调,真非身临其境的人不能说得出的。

"那么好的月呀!"擘黄先生赞赏似的叹美着。

同浴于这个明明的月光中的,还有梦旦先生和心南先生。静悄悄地,各人都随意地躺在他的摇椅上,各自在默想他的崇高的思绪,也不知道有多少秒、多少分、多少刻的时间是过去了。红栏杆外是月光、蝉声与溪声,红栏杆内是月光照浴着的几个静思的人。

月光光,

照河塘,

骑竹马,

过横塘。

横塘水深不得过,

娘子牵船来接郎。

问郎长,问郎短,

问郎此去何时返。

心南先生的女公子依真跳跃着由西边跑了出来,嘴里这样地唱。那清脆的歌声漫溢于朦胧的空中,如一塘静水中起了一个水沤似的,立刻一圈一圈地扩大到全个塘面。

"这是各处都有的儿歌,辜鸿铭曾选入他的《幼学弦歌》中。"梦旦先生说。他真是一个健谈的人,又恳挚,又多见闻,凡是听过他的话的人,总不肯半途走了开去。

"福州还有一首大家都知道的民歌,也是以月亮为背景的，真是不坏。"梦旦先生接着说。于是他便背诵出了这一首歌。

> 共哥相约月出来，
> 怎样月出哥未来？
> 没是奴家月出早？
> 没是哥家月出迟？
> 不论月出早与迟，
> 恐怕我哥未肯来。
> 当日我哥未娶嫂，
> 三十无月哥也来。

这首歌的又真挚又曲折的情绪，立刻把大家捉住了。像那么好的情歌，真不多见。

"我真想把它抄录了下来呢！"我说。于是梦旦先生又逐句地背念了一遍，我便录了下来。

"大约是又成了《山中通信》的资料吧。"擘黄先生笑着说道，他今天刚看见我写着《山中通信》。

"也许是的,但这样的好词,不写了下来,未免太可惜了。"

"我也有一个,索性你再写了吧。"擘黄说。

我端正了笔等着他。

七月七夕鹊填桥,
牛郎织女渡天河。
人人都说神仙好,
一年一度算什么!

"最后一句真好,凡是咏七夕的诗,恐怕不见得有那样透澈的口气吧。可见民歌好的不少,只在自己去搜集而已。"擘黄说。

大家的话匣子一开,沉静的气氛立刻打破了,每个人都高高兴兴地谈着唱着,浑忘了皎洁月光与其他一切。月已升得很高,倒向西边的柱影,已渐渐地短了。

梦旦先生道:"还有一首歌,你们听人说过没有?"

采苹你去问秋英,
怎么姑爷跌满身?
他说:"相公家里回,
也无火把也无灯。"

既无火把也要灯!
他说相公家里回,
怎么姑爷跌满身?
采苹你去问秋英!

"是的,听见过的。"擘黄说,"但其层次与说话之语气颇不易分得出明白。"

"大约是小姐见姑爷夜间回来,跌了一身的泥,不由得起了疑心,便叫丫头采苹去问跟班秋英。采苹回到小姐那里,转述秋英的话,相公之所以跌得一身泥者,因由家里回来,夜色黑漆漆的,又无火把又无灯笼也。第二首完全是小姐的话,她的疑心还未释,相公既由家回,如无火把也要有灯,怎么会跌得一身泥?于是再叫采苹去问秋英。虽然是如连环诗似的二首,前后的意思却很不同。每个人的口气也都逼真地像。"梦旦先生说。

经了这样一解释,这首诗,真的也成了一首名作了。

真鸟仔,
啄瓦檐,
奴哥无"母"这数年。
看见街上人讨"母",
奴哥目泪挂目檐。
有的有,没的没,
有人老婆连小婆!
只愿天下做大水,
流来流去齐齐没。

这一首也是这一夜采得的好诗,但恐非"非福州人"所能了解。所谓"真鸟仔"者,即小麻雀也。"母"

者,即女子也,即所谓公母之"母"是也。"奴哥"者,擘黄以为是他人称他的,我则以为是自称的口气。兹译之如下:

> 小小的麻雀儿,
> 在瓦檐前啄着,啄着,
> 我是这许多年还没有妻呀!
> 看见街上人家闹洋洋地娶亲,
> 我不由得双泪挂眼边。
> 有的有,没有的没有,
> 有的人,有了妻,却还要小老婆。
> 但愿天下起了大水,
> 流来流去,使大家一齐都没有。

这个译文,意思未见得错,音调的美却完全没有了。所以要保存民歌的绝对的美,似非用方言写出来不可。

这一夜,是在山上说得最舒畅的一夜,直到了大家都微微地呵欠着,方才散了,各进房门去睡。第二夜,月光也不坏,我却忙着写稿子;再一夜,天色却不佳,梦旦先生和擘黄又忙着收拾行囊,预备第二天一早下山。像这样舒畅的夜谈,却终于只有这一夜,这一夜呀!

1926 年 9 月 14 日

山中的历日

"山中无历日。"这是一句古话,然而我在山中却把历日记得很清楚。我向来不记日记,但在山上却有一本日记,每日都有二三行的东西写在上面。自 7 月 23 日,第一日在山上醒来时起,直到了最后的一日早晨,即 8 月 21 日,下山时止,无一日不记。恰恰地在山上三十日,不多也不少,预定的要做的工作,在这三十日之内,也差不多都已做完。

当我离开上海时,一个朋友问我:"什么时候可以回来?"

"一个月。"我答道。真的,不多也不少,恰是一个月。有一天,一个朋友写信来问我道:"你一天的生活如何呢?我们只见你一天一卷的原稿寄到上海来,没有一个人不惊诧而且佩服的。上海是那样地热呀,我们一行字也不能写呢。"

我正要把我的山上生活告诉他们呢。

在我的二十几年的生活中,没有像如今的守着有规则的生活,也没有像如今的那么努力地工作着的。

第一晚,当我到了山时,已经不早了,滴翠轩一点灯火也没有。我问心南先生道:"怎么黑漆漆的不点灯?"

"在山上,我们已成了习惯,天色一亮就起来,天色一黑就去睡,我起初也不惯,现在却惯了。到了那时,自然而然地会起来,自然而然地会去睡。今夜,因为同家母谈话,睡得迟些,不然,这时早已入梦了。家中人,除了我们二人外,他们都早已熟睡了。"心南先生说。

我有些惊诧,却不大相信。更不相信在上海起迟眠迟的我,会服从了这个山中的习惯。

然而到了第二天绝早,心南先生却照常地起身。我这一夜是和他暂时一房同睡的,也不由得不起来,不由得不跟了他一同起身。"还早呢,还只有六点钟。"我看了表说。

"已经是太晚了。"他说。果然。廊前太阳光已经照得满墙满地了。

这是第一次,我倚了绿色的栏杆——后来改漆为红色的,却更有些诗意了——去看山景。没有奇石,也没有悬岩,全山都是碧绿色的竹林和红瓦黑瓦的洋房子。山形是太平行了。然而向东望去,却可看见山下的原野。一座一座的小山,都在我们的足下,一畦一畦的绿田,也都在我们的足下。几缕的炊烟,由田间升起,在空中袅袅地飘着,我们知道那里是有几家农户了,虽然看不见他们。空中是停着几片的浮云。太阳照在上面,那云影倒映在山峰间,明显得可以看见。

"也还不坏呢,这山的景色。"我说。

"在起了云时,漫山地都是云,有的在楼前,有的在足下,有时浑不见对面的东西,有时,诸山只露出峰尖,如在海中的孤岛,这简直可称为云海,那才有趣呢。我到了山时,只见了两次这样的奇景。"心南先生说。

这一天真是忙碌,下山到了铁路饭店,去接梦旦先生他们上山来。下午,又东跑跑,西跑跑。太阳把山径晒得滚热的,它又张了大眼向下望着,头上是好像一把火的伞。只好在邻近竹径中走走就回来了。

在山上,雨是不预约就要落下来的,看它天气还好好的,一瞬间,却已乌云蔽了楼檐,沙沙地一阵大雨来了。不久,眼望着这块大乌云向东驶去,东边的山与田野却现出阴郁的样子,这里却又是太阳光满满地照着了。

"伞在山上倒是必要的:晴天可以挡太阳,下雨的时候可以挡雨。"我说。

这一阵雨过去后,天气是凉爽得多了,我便又独自由竹林间的一条小山径,寻路到瀑布去。山径还不湿滑,因为一则沿路都是枯落的竹叶躺着,二则泥土太干,雨又下得不久。山径不算不峻峭,却异常地好走。足踏在干竹叶上,柔柔地如履铺了棉花的地板,手攀着密集的竹竿,一竿一竿地递扶着,如扶着栏杆,任怎么峻峭的路,都不会有倾跌的危险。

莫干山有两个瀑布,一个是在这边山下,一个是碧坞。碧坞太远了,听说路也很险。走过去,要经过一条只有一尺多阔的栈道,一面是绝壁,一面是十余丈深的山溪,轿子是不能走过的,只好把轿子中途弃了,两个轿夫牵着游客的双手,一前一后地把他送过去。去年,有几个朋友到那里去游,却只有几个最勇敢的这样地走了过去,还有几个却终于与轿子一同停留在栈道的这边,不敢过去了。这边的山下瀑布,路途却较为好走,又没有碧坞那么远,所以我便渴于要先去看看——虽然他们都要休息一下,不大高兴走。

瀑布的气势是那么样地伟大,瀑布的景色是那么

样地壮美：那么多的清泉，由高山石上倾倒而下，水声如雷似的，水珠溅得远远的，只要闭眼一想象，便知它是如何地可迷人呀！我少时曾和数十个同学们一同旅行到南雁荡山。那边的瀑布真不少，也真不小。老远地老远地，便看见一道道的白练布由山顶挂了下来，却总是没有走到。经过了柔湿的田道，经过了繁盛的村庄，爬上了几层的山，方才到了小龙湫。那时是初春，还穿着棉衣。长途的跋涉，使我们都气喘汗流。但到了瀑布之下，立在一块远隔丈余的石上时，细细的水珠却溅得你满脸满身都是，阴凉的，阴凉的，立刻使你一点的热感都没有了；虽穿了棉衣，还觉得冷呢。面前是万斛的清泉，不休地只向下倾注，那景色是无比地美好，那清而宏大的水声，也是无比地美好。这使我到如今还记念着，这使我格外地喜爱瀑布与有瀑布的山。十余年来，总在北京与上海两处徘徊着，不仅没有见什么大瀑布，便连山的影子也不大看得见。这一次之到莫干山，小半的原因，因为那山有瀑布。

山径不大好走,时而石级,时而泥径,有时,且要在荒草中去寻路。亏得一路上溪声潺潺的。沿了这溪走,我想总不会走得错的。后来,终于是走到了。但那水声并不大,立近了,那水珠也不会飞溅到脸上身上来。高虽有二丈多高,阔却只有两个人身的阔。那么样萎靡的瀑布,真使我有些失望。然而这总算是瀑布,万山静悄悄的,连鸟声也没有,只有几张照相的色纸,落在地上,表示曾有人来过。在这瀑布下流连了一会儿,脱了衣服,洗了一个身,濯了一会儿足,便仍旧穿便衣,与它告别了。却并不怎么样地惜别。

刚从林径中上来,便看见他们正在门口,打算到外面走走。

"你去不去?"擘黄问我。

"到哪里去?"我问道。

"随便走走。"

我还有余力,便跟了他们同去。经过了游泳池,个个人喧笑地在那里泅水,大都是碧眼黄发的人,他们是最会享用这种公共场所的。池旁列了许多座位,预备给看的人坐，看的人真也不少。沿着这条山径，到了新会堂，图书馆和幼稚园都在那里。一大群的人正从那里散出。也大都是碧眼黄发的人。沿着山边的一条路走去，便是球场了。球场的规模并不小，难得在山边会辟出这样一个地方。场边有许多石级凸出，预备给人坐，那边贴了不少布告，有一张说："如果山岩崩坏了，发生了什么意外之事，避暑会是不负责的。"我们看那山边，围了不少层的围墙。很坚固，很坚固，哪里会有什么崩坏的事。然而他们却要预防着。在快活地打着球的，也都是碧眼黄发的人。

梦旦先生他们坐在亭上看打球，我们却上了山脊。在这山脊上缓缓地走着，太阳已将西沉，把那无力的金光亲切地抚摩我们的脸。并不大的凉风，吹拂在我们的身上，有种说不出的舒适之感。我们在那里，望见了塔山。

心南先生说："那是塔山，有一个亭子的，算是莫干山最高的山了。"望过去很远，很远。

晚上，风很大。半夜醒来，只听见廊外呼呼地啸号着，仿佛整座楼房连基底都要为它所摇撼。

山中的风常是这样的。

这是在山中的第一天。第二天也没有做事。到了第三天，却清早地起来，六点钟时，便动手做工。八时吃早餐，看报，看来信，邮差正在那时来。九时再做，直到了十二时。下午，又开始写东西，直到了四时。那时，却要出门到山上走走了。却只在近处，并不到远处去。天未黑便吃了饭。随意闲谈着。到了八时，却各自进了房。有时还看看书，有时却即去睡了。一个月来，几乎天天是如此。

下午四时后，如不出去游山，便是最好的看书时间了。

山中的历日便是如此，我从来没有过着这样的有规则的生活过！

1926 年 9 月 20 日

塔山公园

由滴翠轩到了对面网球场,立在上头的山脊上,才可以看到塔山;远远地,远远地,见到一个亭子立在一个最高峰上,那就是所谓塔山公园了。到山的第三天的清早,我问大家道:"到塔山去好吗?"

朝阳柔黄地满山照着,鸟声细碎地啁啾着,正是温凉适宜的时候,正是游山最好的时候。

大家都高兴去走走,但梦旦先生说,不一定要走到塔山，恐怕太远，也许要走不动。

缓缓地由林径中上了山；仿佛只有几步可以到顶上了，走到那处，上面却还有不少路，再走了一段，以为这次是到了，却还有不少路。如此地，"希望"在前引导着，我们终于到山脊。然后，缓缓地，沿山脊而走去。这山脊是全个避暑区域中最好的地方。两旁都是建造得式样不同的石屋或木屋，中间一条平坦的石路，随了山势而高起或低下。空地不少，却不像山下的一样，粗粗地种了几百株竹，它们却是以绿绿的细草铺盖在地上，这里那里地置了几块大石当作椅子，还有不少挺秀的美花奇草，杂植于平铺的绿革毡上。我们在那里，见到了优越的人为淘汰的结果。

一家一家的楼房构造不同，一家一家的园花庭草，亦布置得不同。在这山脊上走着，简直是参观了不少的名园。时时地，可于屋角的空隙见到远远的山峦，见到远远的白云与绿野。

走到这山脊的终点，又要爬高了，但梦旦先生有些疲倦了，便坐在一块界石上休息，没有再向前走的意思。

大家围着这个中途的界石而立着,有的坐在石阶上。静悄悄地还没有一个别的人,只有早起的乡民,满头是汗地挑了赶早市的东西经过这里,送牛奶面包的人也有几个经过。

大家极高兴地在那里谈天说地,浑忘了到塔山去的目的。太阳渐渐地高了,热了,心南看了手表道:

"已经九点多了。快回去吃早餐吧。"

大家都立了起来,拍拍背后的衣服,拍去坐在石上所沾着的尘土,而上了归途。

下午,我的工作完了,便向大家道:"现在到塔山去不去呢?"

"好的。"擘黄道,"只怕高先生不能走远道。"

高先生道:"我不去,你们去好了。我要在房里微睡一下。"

于是我和心南、擘黄同去了。

到塔山去的路是很平坦的。由山后的一条很宽的泥路走去,后面的一带风景全可看到。山石时时有人在丁丁地伐采，可见近来建造别墅的人一天天地多了，连山后也已有了几家住户。

塔山公园的区域，并不很广大，都是童山，杂植着极小极小的竹树，只有膝盖的一半高。还有不少杂草，大树木却一株也没有。将到亭时，山势很高峭，两面石碑，立在大门的左右，是叙这个公园的缘起，碑字已为风雨所侵而模糊不清，后面所署的年月，却是宣统二年（1910年）。据说，近几年来，亭已全圮，最近才有一个什么督办，来山避暑，提倡重修。现在正在动工。到了亭上，果有不少工匠在那里工作，木料灰石，堆置得凌乱不堪。亭是很小的，四周的空地也不大，却放了四组的水门汀建造的椅桌，每组二椅一桌，以备游人野餐之用。亭的中央，突然地隆起了一块水门汀建的高丘，活像西湖西泠桥畔重建的小青墓。也许这也是当桌子用的，因为四周也是水门汀建的亭栏，可以给人坐。

再没有比这个亭更粗陋而不谐和的建筑物了，一点式样也没有，不知是什么东西，亭不像亭，塔不像塔,中不是中,西不是西,又不是中西的合璧,简直可以说是一无美感、一无知识者所设计的亭子。如果给工匠们自己随意去设计,也许比这样的式子更会好些。

所谓公园者,所谓亭子者不过如此!然而这是我们中国人在莫干山所建筑的唯一的公共场所。

亏得地势占得还不坏。立在亭畔,四面可眺望得很远。莫干山的诸峰,在此一一可以指点得出来,山下一畦一畦的田,如绿的绣毡一样,一层一层,由高而低,非常地有秩序。足下的冈峦,或起或伏,或趋或耸,历历可指,有如在看一幅地势实型图。

太阳已经渐渐地向西沉下,我们当风而立,略略地有些寒意。那边有乌云起了,山与田都为一层阴影所蔽,隐隐地似闻见一阵一阵的细密的雨声。

"雨也许要移到这边来了,我们走吧。"

这是第一次的到塔山。

第二次去是在一个绝早的早晨,人是独自一个。

在山上,我们几乎天天看太阳由东方出来。倚在滴翠轩廊前的红栏杆上,向东望着,我们便可以看到一道强光四射的金线,四面都是斑斓的彩云托着,在那最远的东方。渐渐地,云渐融消了,血红血红的太阳露出了一角,而楼前便有了太阳光。不到一刻,而朝阳已全个地出现于地平线上了,比平常大,比平常红,却是柔和的、新鲜的、不刺目的。对着了这个朝阳而深深地呼吸着,真要觉得生命是在进展,真要觉得活力是已重生。满腔的朝气,满腔的希望,满腔的愉意,满腔的跃跃欲试的工作力!

怪不得晨鸟是要那样地对着朝阳婉转地歌唱着。

常常地在廊前这样地看日出。常常地移了椅子在阳光中,全个身子都浸没在它的新光中。

也许到塔山那个最高峰去看日出,更要好呢。泰山之观日出不是一个最动人的景色么?

一天,绝早,天色还黑着,我便起身,胡乱地洗漱了一下,立刻起程到塔山。天刚刚有些亮,可以看见路。半个行人也没有遇见。一路上急急地走着,屡次地回头看,看太阳已否升起。山后却是阴沉沉的。

到了登上了塔山公园的长而多级的石阶时,才看见山头已有金黄色,东方已经是亮晶晶的了。

风呼呼地吹着,似乎要从背后把你推送上山去。愈走得高风愈大,真有些觉得冷栗,虽然是在六月,且穿上了夹衣。

飞快地飞快地上山,到了绝顶时,立刻转身向东望着,太阳却已经出来了,圆圆的红血的一个,与在廊前所见的一模一样,眼界并不见得因更高而有所不同。

在金黄的柔光中浸溶了许久许久才回去,到家还不过八时。

第三次,又到了塔山,是和心南先生全家去的,居然用到了水门汀的椅桌,举行了一次野餐会。离第一次到时,只有半个月,这里仿佛因工程已竣之故,到的人突多起来。空地上垃圾很不少,也无人去扫除。每个人下山时都带了不少只苍蝇在衣上帽上回去。沿路费了不少驱逐的工夫。

1926 年 9 月 30 日

蝉与纺织娘

你如果有福气独自坐在窗内,静悄悄地没一个人来打扰你,一点钟、两点钟地过去,嘴里衔着一支烟,躺在沙发上慢慢地喷着烟云,看它一白圈一白圈地升上,那么在这静境之内,你便可以听到那墙角阶前的鸣虫的奏乐。

那鸣虫的作响,真不是凡响;如果你曾听见过曼杜令的低奏,你曾听见过一支洞箫在月下湖上独吹着;

你曾听见过红楼的重幔中透漏出的弦管声，你曾听见过流水淙淙地由溪石间流过，或你曾倚在山阁上听着飒飒的松风在足下拂过，那么，你便可以把那如何清幽的鸣虫之叫声想象到一二了。

虫之乐队，因季候的关系而颇有不同，夏天与秋令的虫声，便是截然的两样。蝉之声是高旷的、享乐的，带着自己满足之意的；它高高地栖在梧桐树或竹枝上，迎风而唱，那是生之歌——生之盛年之歌，那是结婚曲——那是中世纪武士美人的大宴时的行吟诗人之歌。无论听了那叽——叽——的曼长声，或叽格——叽格——的较短声，都可同样地受到一种轻快的美感。秋虫的鸣声最复杂，但无论纺织娘的咭嘎、蟋蟀的唧唧、金铃子之叮铃，还有无数无数不可名状的秋虫之鸣声，其声调之凄抑却都是一样的；它们唱的是秋之歌，是暮年之歌，是薤露之曲。它们的歌声，是如秋风之扫落叶，怨妇之奏琵琶，孤峭而幽奇，清远而凄迷，低徊而愁肠百结。你如果是一个孤客，独宿于荒郊逆旅，一盏荧荧的油灯，对着一张板床、一张木桌、一二张硬板凳,再一听见四壁唧唧知知的虫声间作,那你今夜便不用再想稳稳地安睡了,什么愁情、乡思,以及人生之悲感,都会一串一串地从根儿勾引起来,在你心上翻来覆去,如白老鼠在戏笼中走轮盘一般,一上去便不用想下来憩息。如果你不是一个客人,你有家庭,你有很好的太太,你并没有什么闲愁胡想,那么,在你太太已睡之后,你想在书房中静静地写些东西时,这唧唧的秋虫之声却也会无端地窜入你的心里,翻掘起你向不曾有过的一种凄感呢。如果那一夜是一个月夜,天井里统是银白色,枯秃的树影,一根一条地很清朗地印在地上,那么你的感触将更深了。那也许就是所谓悲秋。

秋虫之声,大都在蝉之夏曲已告终之后出现,那正与气候之寒暖相应。但我却有一次奇异的经验:在无数的纺织娘之鸣声已来了之后,却又听得满耳的蝉声。我想我们的读者中有这种经验的人是必不多的。

我在山中,每天听见的只有蝉声,鸟声还比不上。那天气是很热,即在山上,也觉得并不凉爽。正午的那是生之歌——生之盛年之歌,那是结婚曲——那是中世纪武士美人的大宴时的行吟诗人之歌。

记得法布尔曾经做过试验,在有蝉的树下放了两响炮仗,但它们依旧叫个不停,也不逃走。那么究竟为什么歌唱呢?我想,大概只是为表示生的欢乐吧!(周作人《蝉的一生》)

时候，躺在廊前的藤榻上，要求一点的凉风，却见满山的竹树梢头，一动也不动，看看足底下的花草，也都静静地站着，如老僧入了定似的。风扇之类既得不到，只好不断地用手巾来拭汗，不断地在摇挥那纸扇了。在这时候，往往有几缕的蝉声在槛外鸣奏着。闭了目，静静地听了它们在忽高忽低，忽断忽续，此唱彼和，仿佛是一大阵绝清幽的乐阵在那里奏着绝清幽的曲子，炎热似乎也减少了，然后，朦胧地朦胧地睡去了，什么都不觉得。良久，良久，清梦醒来时，却又是满耳的蝉声。山中的蝉真多！绝早的清晨，老妈子们和小孩子们常去抱着竹竿乱摇一阵，而一只二只的蝉便要跟随了朝露而落到地上了。每一个早晨，在我们滴翠轩的左近，至少是百只以上之蝉是这样地被捉。但蝉声却并不减少。

常常地，一只蝉两只蝉，叽的一声，飞入房内，如平时我们所见的青油虫及灯蛾之飞入一样。这也是必定被人所捉的。有一天，见有什么东西在槛外倒水的铅斗中咯笃咯笃地作响，俯身到槛外一看，却又是一只蝉,这当然又是一个俘虏了。还有好几次,在山脊上走时,忽见矮林丛中有什么东西在动,拨开林丛一看,却也是一只蝉。它是被竹枝竹叶挡阻住了不能飞去。我把它拾在手中。同行的心南先生说:"这有什么稀奇,放走了它吧。要多少还怕没有!"我便顺手把它向风中一送,它悠悠扬扬地飞去很远很远,渐渐地不见了。我想不到这只蝉就在刚才是地上拾了来的那一只!

初到时,颇想把它们捉几个寄到上海去送送人。有一次,便托了老妈子去捉。她在第二天一早,果然捉了五六只来放在一个大香烟纸盒中,不料给依真一见,她却吵着,带强迫地要去。我又托那个老妈子去捉。第二天,又捉了四五只来。依真的纸盒中却只剩下两只活的,其余的都死了。到了晚上,我的几只,也死了一半。因此,寄到上海的计划遂根本地打消了。从此以后,便也不再托人去捉,自己偶然捉来的,也都随手地放去了,那样不经久的东西,留下了它干什么用!不过孩子们却还热心地去捉。依真每天要捉至少三只,用细绳子缚在铁杆上。有一次,曾有一只蝉居然带了红绳子逃去了;很长的一根红绳子,拖在它后面,在风中飘荡着,很有趣味。

半个月过去了;有的时候,似乎蝉声略少,第二天却又多了起来。虽然是叽——叽——地不息地鸣着,却并不觉喧扰;所以大家都不讨厌它们。我却特别地爱听它们的歌唱,那样的高旷清远的调子,在什么音乐会中可以听得到!所以我每以蝉声将绝为虑,时时地干涉孩子们的捕捉。

到了一夜,狂风大作,雨点如从水龙头上喷出似的,向槛内廊上倾倒。第二天还不放晴。再过一天,晴了,天气却很凉,蝉声乃不再听见了!全山上的鸣唱着的却换了一种咭嘎——咭嘎——的急促而凄楚的调子,那是纺织娘。

"秋天到了!"我这样地说着,颇动了归心。

再一天,纺织娘还是咭嘎咭嘎咭唱着。

然而,第三天早晨,当太阳晒得满山时,蝉声却又听见了!且很不少。我初听不信,叽——叽——叽格——叽格——那确是蝉声!纺织娘之声却又潜踪了。

蝉回来了,跟它回来的是炎夏。从箱中取出的棉衣又复放入箱中。下山之计遂又打消了。

谁曾于听了纺织娘歌声之后再听见蝉的夏曲呢?是我的一个有趣的经验。

苦鸦子

乌鸦是那么黑丑的鸟,一到傍晚,便成群结阵地飞于空中,或三两只栖于树下,"苦呀,苦呀"地叫着,更使人起了一种厌恶的情绪。虽然中国许多抒情诗的文句,每每地把鸦美化了,如"寒鸦数点""暮鸦栖未定"之类,读来未尝不觉其美,等到一听见其声,思想的美感却完全消失了,心上所有的只是厌恶。

在山中也与在城市中一样,免不了鸦的干扰。太阳的淡金色光线，弱了，柔和了，暮霭渐渐地朦胧得如轻纱似的幔罩于冈峦之腰、田野之上，西方是血红的一个大圆盘悬在地平上，四边是金彩斑斓的云霞，点染在半天；工作之后，躺在藤榻上，有意无意地领略着这晚霞天气的图画。经过了这样静谧的生活的，准保他一辈子不会忘了，至少是要在城市的狭室中不时想起的。不幸这恬静可爱的山中的黄昏，却往往为"苦呀，苦呀"的鸦声所乱。

有一天，晚餐吃得特别地早；几个老婆子趁着太阳光未下山，把厨房中盆碗等物都收拾好了，便也上楼靠在红栏杆上闲谈。

"苦呀！苦呀！"几只乌鸦栖在对面一株大树上，正朝着我们此唱彼和地歌叫着。

"苦鸦子！我们乡下人总说她是嫂嫂变的。"汤妈说。

江妈接着道："我们那里也有这话。婆婆很凶，姑娘又会挑嘴，弄得嫂嫂常常受婆婆的气，还常常地打她，男人又一年间没有几时在家。有一次，她把米饭从后门给了些叫化的;她姑娘看见了,马上去告诉她的娘。还挑拨地说:'嫂嫂常常把饭给人家。'于是婆婆生了大气,用后门的门闩,没头没脑地打了她一顿,她浑身是伤,气不过,就去投河。却为邻居看见了救起,把她湿淋淋地送回家。她婆婆姑娘还骂她假死吓诈人。当夜,她又用衣带把自己吊死在床前了。过了几个月,她男人回家,他的娘却淡淡地说,她得病死了。但她的灵魂却变了乌鸦,天天在屋前树上'苦呀,苦呀'地叫着。"

"做人家媳妇实在不容易。"江妈接着说,"像我们那里媳妇吃苦的真不少!"

汤妈说:"可不是!前半年在少爷家里用的叶妈还不是苦到无处说!一天到晚打水、烧饭、劈柴、种田、摘豆子,她婆婆还常常地叽里咕噜骂她。碰到丈夫好些的,也还好,有地方说说。她的丈夫却又是牛脾气,好赌。输了总拿她来出气,打得呀浑身是伤!有一次,她给我看,一身的青肿,半个月一个月还不会退。好容易来帮人家,虽然劳碌些,比在家里总算是好得多了。一月三块半工钱,一个也不能少,都要寄回家。她丈夫还时时来找她要钱!她说起来常哭!上一次,她不是辞了回家么?那是她丈夫为了赌钱的事,被人家打伤了,一定要她回去服侍。这一向都没有信来,问她乡里人也不知道。这一半年总不见得会出来了。"

江妈道:"汤奶奶你是好福气!说是童养媳,婆婆待你比自己的女儿还好。男人又肯干,家里积的钱不少了,去年不是又买了几亩田么?你真可以回去享福了,汤奶奶!"

"哪里的话!我们哪里说得上享福两个字!我们的婆婆待我可真不差,比自己的姆妈还好!"

这时,一声不响的刘妈插嘴道:"汤奶奶待她婆婆也真是好;自己的娘病,还不大挂心,听说她婆婆有什么难过,就一定要回去看看的了!上次她婆婆还托人带了大棉袄给她,真是疼她!"

汤妈指着刘妈向江妈道:"她真可怜!人是真好,只可惜有些太老实,常给人欺负。她出来帮人家也是没法的。她家里不是少吃的、穿的,只是她婆婆太厉害了,不是打,就是骂,没有一天有好日子过。自从她男人死了,婆婆更恨她入骨,说她是克夫。她到外边来,赛如在天堂上!"

刘妈一声不响地听着她在谈自己的身世。栏杆外面乌鸦还是一声"苦呀,苦呀"在叫着,夜色已经成了深灰色了。

"刘妈,天黑了,怎么还不点灯?天天做的事都会忘了么!"她主妇的声音,严厉地由后房传出。

"噢,来了!"刘妈连忙地答应,慌慌张张地到后面去了。

"真作孽,像她这样的人,到处要给人欺负。"江妈说,"还好,她是个呆子,看她一天到晚总是嘻嘻的笑脸。"

"不!"汤妈说,"别看她呆头呆脑的;她和我谈起来,时时地落泪呢。有一次,给她主妇大骂了一顿以后,她便跑到自己房里痛哭。到了夜里,我睡时,还听见她在呜咽地抽泣!"

想不到刘妈是这样的一个人,自到山中来后,我们每以她为乐天的痴呆人,往往地拿她来取笑,她也从没有发怒过,谁晓得她原是这样的一个"苦鸦子"!

这时,黑夜已经笼罩了一切。江妈说:"我也要去点灯了。"

"苦呀,苦呀"的乌鸦已经静止,大约它们是栖定在巢中了。

1927 年 11 月 12 日

不速之客

这里离上海虽然不过一天的路程,但我们却以为上海是远了,很远了;每日不再听见隆隆的机器声,不再有一堆一堆的稿子待阅,不再有一束一束来往的信件。这里有的是白云,是竹林,是青山,如果镇日地靠在红栏杆上,看看山,看看田野,看看书,那么,便可以完全与外面的世界隔绝。偶然地听着鸟声磔格磔格地啭着,或一只两只小鸟,如疾矢似的飞过槛外,或三五丛蝉声曼长地和唱着,却更足以显示出山中的静谧来。

然而我们每天却有两次或三次是要与上海及外面世界接触的:一次便是早晨八时左右邮差的降临,那是照例总有几封信及一束日报递来的。如果今天邮差迟了一点来,或没有信件,我们心里便有些不安逸。

"我有信没有?"一见绿衣人的急步噔噔噔地上了楼,便这样地问;有时在路上遇见了,那时时间是更早,也便以这样的问题问他。

他跑得满头是汗,从邮袋中取了信件日报出来,便又匆匆地转身下楼了。我到了山中不到三天,已与这个邮差熟悉。因为每次送这一带地方邮件的总是他。据他说,今年上山的人不到三百。因为熟悉了,在中途向他要信时,他当然不会不给的。

再一次是下午一时左右:那时带了外面的消息来的,又是邮差,且又是同样的那一个邮差;不过这一次是靠不住的,有时来,有时不来。

最后一次是夜间九时、十时左右,那时是上海或杭州的旅客由山下坐了轿子来的时候。因为滴翠轩的一部分是旅馆，所以常常有旅客来。我的房间隔壁，有两间空房，后面也有一间，这几个房间的住客是常常更换的。有时是官僚，有时是军人，有时是教育家，有时是学生——我还曾在茶房扫除房间时，见到一封住客弃掉的诉说大学生活的苦闷的信——有时是商人，有时是单身，有时是带了女眷。虽然我是不大同他们攀谈的，但见了他们的各式各样的脸，各式各样的举动，也颇有趣。不过他们来时，往往我们已经睡了。第二天一清晨，便听见老妈子们纷纷传说来的是什么样的人。有时，座谈得迟了，便也看见他们的上山。大约每一二夜总有一批人来。一见轿夫挑夫的喧语，呼唤茶房的声音，楼梯上杂乱匆促的足步声，便知山客是又多了几个了。有时，坐在廊前，也看见对山有灯火荧荧的移动。老妈子们便道："又有人上山了。"刘妈道："一个，两个，还有一个。妈妈呀，轿子多着呢！今天来的人真不少呀！"这些人当然不是到滴翠轩来的，因为到滴翠轩是走老路近，而对山却是新路，轿夫们向来不走的。走新路的,都是到岭上各处别墅上去的。

　　第一次、第二次的外面消息,是我们所最盼望的,因为载来的是与我们有关的消息。尤其热忱地来候着的是我。因为,篋没有和我同来,我几次写信去,总催她快些上山来。上海太热,是其一因,还有……别离,那真不是轻易说的。如果你偶然孤身作客在外,如果你不是怕见你那母夜叉似的妻,如果你没有在外眷恋了别一个女郎,你必定会时时地想思到家中的她,必定会有一种说不出的离情别绪萦挂在心头的,必定会时时地因事,因了极小极小的事,而感到一种思乡或思家之情怀的。那是每个人都是这个样子的,毋庸其讳言。即使你和她向来并不怎么和睦,常常要口角几声,隔了几天,且要大闹一次的,然而到了别离之后,你却在心头翻腾着对于她的好感。别离使你忘了她的坏处,而只想到了她,特别是她的好处。也许你们一见面,仍然再要口角,再要拍桌子、摔东西地大闹,然而这时却有一根极坚固、极大的、无形的情线把你和她牵住,要使你们互相接近。你到了快归家时,你心里必定是"归心如箭";你到了有机会时,必定要立刻地接了她出来同住。有几个朋友,在外间当教员的,一到暑假,经过上海回家时,必定是极匆忙地回去,多留一天也不肯。"他是急于要想和他夫人见面呢。"大家都嘲笑似的谈着。那不必笑,换了你,也是要如此的。

这也毋庸讳言,我在这里,当然地,时时要想念到她。我写了好几封信给她,去邀她来。"如果路上没有伴,可叫江妈同来。"但她回了信,都说不能来。我们大约每天总有一封信来往,有时有两封信,然而写了信,读了信,却更引起了离别之感。偶然她有一天没有信来,那当然是要整天地不安逸的。

"铎,你不在,我怎么都不舒服,常常地无端生气,还哭了几次呢。你什么时候才能回来呢?"这是她在我走了第二日写来的信。

凄然的离情,弥漫了全个心头,眼眶中似乎有些潮润,良久,良久,还觉得不大舒适。

听心南先生说,有两位女同事写信告诉他,要到山上来住。那是很好的机会,可以与箴结伴同行的。我兴冲冲地写了信去约她。但她们却终于没有成行,当然她也不来了。我每天匆匆地工作着,预备早几天把要做的工做完。她既不能来,还是我早些回去吧。

有一次,我写信叫她寄了些我爱吃的东西来。她回信道:"明后天有两位你所想不到的人上山来,我当把那些东西托他们带上。"

这两位我所想不到的人是谁呢?执了信沉吟了许久,还猜不出。也许是那两位女同事也要来了吧?也许是别的亲友们吧?我也曾写信去约圣陶、予同他们来游玩几天,也许会是他们吧?

一天过去了,两天过去了,这两位还没有到,我几乎要淡忘了这事。

第三夜,十点钟的左右,我已经脱了衣,躺在床上看书。倦意渐渐迫上眼睫,正要吹灭了油灯,楼梯上突然有一阵匆促的杂乱的足步声;这足步到了房门口,停止了。是茶房的声音叫道:

"郑先生睡了没有?楼下有两位女客要找你。"

"是找我么?"

"她说是要找你。"

我心头扑扑地跳着。女客?那两位女同事竟来了么?匆匆地穿上了睡衣,黑漆漆地摸到楼梯边,却看不出站在门外的是谁。

"铎,你想得到是我来了么?"这是箴的声音,她由轿夫执的灯笼光中先看见了我,"是江妈伴了我来的。"

这真是一位完全想不到的不速之客!

在山中,我的情绪没有比这一时更激动得厉害的了。

1926年11月28日

《山中杂记》前记
——山中通信

亲爱的诸友：

二十四日，很早地起来，几乎近二三年来没有起得那么早过，匆匆地赶到车站。恰好高先生和唐先生也到了。这一次真不能不走。一则因为有好同伴，一路上可以谈谈，二则在上海实在不能做事，几乎有两个礼拜没有做事了，再不到清静些的地方，专心做些事,真受不了。因此便决心立刻走。

也许是靠了一班英美的贵族(在中国他们真的是贵族)的力量吧,由上海到莫干山,一路上真是方便。铁路局特别为游山者设了种种的便利的运输方法,到了艮山门(杭州的近郊)早有一列小火车在等着我们到拱宸桥了;到了拱宸桥,又早有一艘汽船在等着我们到莫干山前的三桥埠了;到了三桥埠,又早有许多轿夫挑夫在等着我们了。上了轿,行李无论多少,都不用自己费心,花了挑力,他们自然会把这些东西送上来,一件也不会少。比我们苏州扬州的旅行,还要利便得多。一点麻烦也没有,车轿夫包围之祸也没有。如果旅行是如此地利便,我们真要不以旅行为苦而以为乐了;如果天目、雁荡、峨嵋、泰山诸名胜,也有那么样的利便,我想中国一定可以有不少人会诱起旅行的兴趣的。

话说到此,我们却不能光羡慕他们洋贵族的有福气,光嫉忌他们的有势力。我们自己不去要求,不去创造,幸福与势力,自然不会从天而降了。原来他们到了一个地方,看不惯的事,就要设法改革,一受了什么委屈,就是大声控诉(不管这些控诉是否有效),与个人,与公共有妨碍或不便利的地方,便要写信或亲自去闹,去质问;人人如此地注意到,如此地关心到个人与公共的幸福与势力,当事者自然会一天天地晓得改良,以适应大家的需要,以免得大家的责备了,自然会注意到个人与公共的安全与幸福了。试问我们有没有如此地注意到,关心到自己的与公共的幸福呢?请想一想,我们自己愧也不愧!

在《山中通信》这么清雅的题目之下,却一开头便写上这么一段的大议论,也许要引起一般雅士的厌弃,好在我的通信本也不预备给那些雅士看的。

沿路的景物真不坏,江南的春夏原是一副天上乐园的景色画。一路上没有一块荒土,都是绿的稻、绿的树、绿的桑林。偶然见些池塘,也都有粗大的荷叶与细小的菱叶浮泛在水面。在汽船上,沿河都是桑林与芦苇。有几个地方,水的中央突出了一块桑田,四周都是碧荷荷的水,水面上浮着不少的绿萍;一二小舟，在那里徐徐地往来，仿佛是拾菱角的吧。我们的船一经过，大浪便冲上这些岸边，至少有千百的浮萍是被水带上岸滩而枯死的。轿子走了一段平路，便上山了。他们抬得真吃力；前面的一个，汗珠如黄豆大，滴在山石上，我初次还错认为下雨；后面两个急促的喘声，却自然而然地会使人起了一种不安之心。走到太高峭之处，有时我们也下轿来步行，以减轻他们的劳苦，这自然使他们很高兴。轿夫大都是温州人，他们说的不三不四的官话，一听就知道是我的半同乡。五时上轿，到了八时才到滴翠轩。因为夜色朦胧，山径两旁的风光却不曾领略得到。晚霞留在山峰，云色至为绚烂；将圆的明月，同时在我们的后面升起；到了林径时，月光照在竹林，照在轿上，地面朦胧地有些影子摇动着。鼻管里嗅着一种特有的山野的香气，这些香气大约由无数的竹林、松林和野草山花的花香所混合成的，所以我们辨不出究竟是一种什么样的一种香气，却使我们自然而然地生了一种由城市到山野的所特有的欣悦之情。这些情绪为什么会发生的呢？

我以为这也许是蛮性的遗留，因为我们的祖先是千万年地久在山洞水涯的，所以时时有一种力，会引我们由城市到乡野，使我们每到山野便欣悦起来。这也许是人类的好奇心，或厌故喜新的心理之表现。

闲话不谈，且说我们到了山中，见了灯光很亮的地方，同时又听见电机的扎扎，与瀑布的潺潺，便与高、唐二位分路了，他们是到那灯光很明亮的铁路饭店的，我又走了一程，才到滴翠轩，全个房子乌黑的，看不见一点光，这真出乎意料之外。遇见了管事的孙先生和住在这里的郑心南先生。几乎面目都辨不清楚，好久，才点上一枝红烛。心南说，大家早已去睡了，天一亮就起来，灯是不大点的。这真是"山中有古风"呀！

这里的轿夫和挑夫很和善，并不像上海和扬州、苏州那么样地面目可怕，给他们些赏钱，便道了谢，再也不多要，也许是我们已给得满意了。然而数目实在是不多。

坐轿除了不安之心在作祟外，别的都不坏，省足

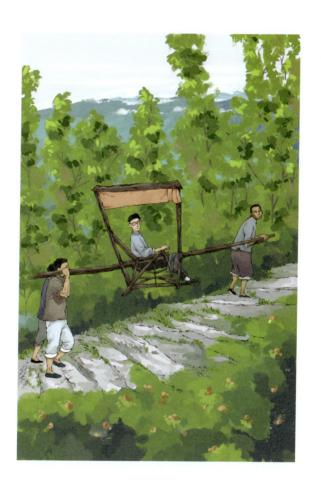

力自然是第一;其次,在慢慢地一步一步地上石级时,轿子却有韵律似的谐和地波动着,那种的舒适真不是坐汽车、马车、人力车乃至一切的车所能想象得到的。不过我对于坐轿是一个"乡老",因为向不愿意坐,凡上山总是依赖自己的足力,这一次要不是被派定要坐的,也决不会自动地想坐的,所以说的话,在久坐山轿的人看来,也许要有些"村气"。

自从上午十一时后,我们还没有吃一顿舒服的东西,肚里很饿。滴翠轩却什么食物也没有了,只得由旁路到铁路饭店找高、唐二位,心南也同去,恰好他们在吃饭,便同吃了。那里真是一所 Modernized 的旅馆,什么都有,电灯、风扇以及一切的设备,使我们不晓得自己是在山中,如果前面没有山,耳中没有听见潺潺的水声。可惜位置太低了,没有风,远不如滴翠轩之凉爽。

与他们回到滴翠轩,说是步月,那月光却暗淡已极,白云一堆堆地拥挤在天上。谈了一会儿,我去洗了一个澡,并没有什么设备,不过是冷热水同倒在一个大铅桶中而已。洗完了澡,他们已经去了,说是明日也搬到这里来住,因为凉爽。先在心南房里同睡。蚊子颇不少。

以后的话,下次的信再说;为了夜,什么东西也看不清,什么地方也未去,山上的风物和形势,毫不知道,只好止于此了。

再者,还有一件事未说:我们的汽船到了武康县左近时,见到无数的裸体小孩在水中立着泅着,住屋多半用木柱建在水上,颇像秦淮河两旁,水之不洁亦略相似。最可怪者,乃是有许多家的屋下,木柱之旁,建了不少的厕所,其形式颇似寺观中之所有者;一船的洋贵族,连我们,都很注意这种未之前见的奇景。我们真会废地利用呀!

1926年7月24日早

山 市

　　未至滴翠轩时,听说那个地方占着山的中腰,是上下山必由之路,重要的商店都开设在那里。第二次清晨到楼下观望时,却很清静,不像市场的样子。楼下只有三间铺子。商务书馆是最大,此外还有一家出卖棉织衣服店、一家五金店。东边是下山之路,一面是山壁,一面是竹林;底下是铁路饭店。"这里下山要到三桥埠才有市集呢。"茶房告诉我说。西边上去,竹荫密密地遮盖在小路上，景物很不坏！——后来我曾时时到这条路上散步，但也不见有商店的影子。茶房说，由此上去，有好几家铺子，最大的元泰也在那里。我和心南先生沿了这条路走去，不到三四百余步，果然见几家竹器店、水果店，再过去是上海银行、元泰食物店及三五家牛肉庄、花边店、竹器店，如此而已。那就是所谓山市。但心南先生说，后山还有一个大市场，老妈子天天都到那里去买菜。

滴翠轩的楼廊，是最可赞许的地方，又阔又敞，眼界又远，是全座"轩"最好的所在。

一家竹器店正在编做竹的躺椅。"应该有一张躺椅放在廊前躺躺才好。"我这样想，便对这店的老板说："这张躺椅卖不卖？"

"这是外国人定做的，您要，再替您做一张好了，三天就有。"

"照这样子。"我把身体躺在这将成的椅上试了一试，说，"还要长了二三寸。价钱要多少？"

"替外国人做，自然要贵些，这一张是四块钱，但您如果要,可以照本给您做。只要三块八角,不能再少。"

我望望心南先生,要他还价,因为这间铺子他曾买过几样东西,算是老主顾了。

"三块钱,我看可以做了。"心南先生说。

"不能,先生,实在不够本。"

"那么,三块四角钱吧,不做随便你。"我一边走,一边说。

"好了,好了,替您做一张就是。"

"三天以后,一定要有,尺寸不能短少,一定要比这张长三寸。"

"一定,一定,我们这里不会错的,说一句是一句。请先付定洋。"

我付了定洋,走了。

第二天去看,他们还没有动手做。

"怎么不做,来得及么?大后天一定要的,因为等要用。"

"有的,一定有的,请您放心。"

第三天早晨,到山上去,走过门前,顺便去看看,他们才在扎竹架子。

"明天椅子有没有?一定要送去的。"

"这两天生意太忙,对不起。后天给你送去吧。今天动手做,无论如何,明天不会好的。"

再过一天,见他们还没有把椅子送来,又跑去看。大体是已经做好了。老板说:"下午一定有,随即给你送来。"

躺在椅上试了一试,似乎不对,比前次的一张还要短。

"怎么更短了?"

"没有,先生,已经特别放长了。"

前次定做的那张椅子还挂在墙角,没有取去。

"把那张拿下来比比看。"我说。

一比,果然反短了二寸,不由人不生气!山里做买卖的人总以为比都市里会老实些,不料这种推测却完全错误!

"我不要了,说话怎么不做准?说好放长三寸的,怎么反短了二寸!"

"先生,没有短,是放长的,因为样子不同,前面靠脚处把您编得短些,所以您觉得它短了。"

"明明是短!"我用了尺去量后说。

争执了半天,结果是量好了尺寸,叫他们再做一只。两天后一定有。

这一次才没有偷减了尺寸。

每次到山脊上散步时,总觉得山后田间的景色很不坏。有一天绝早,天色还没有发亮,便起了床,自己预备洗脸水。到了一切都收拾好时,天色刚刚有些淡灰色。于是独自一人地便动身了。到了山脊,再往下走时,太阳已如大血盘似的出现于东方。山后有一个小市场,几家茶馆饭铺,几家米店,兼售青菜及鸡,还有一家肉店。集旁是一小队保安队的驻所,情况很寂寥,并不热闹。心南先生所说的市集,难道就是这里么?我有些怀疑。

由这市集再往下走,沿途风物很秀美。满山都是竹林,间有流泉淙淙地作响。有一座小桥架于溪上,几个村姑在溪潭旁捶洗衣服。每一场景都可入画。只是路途渐渐地峻峭了,毁坏了,有时且寻不出途径,一路都是乱石。走了半个钟头,还没有到山脚。头上汗珠津津地渗出,太阳光在这边却还没有,因为是山阴。沿路一个人也没有遇到。良久,才见下面有一个穿蓝布衣的人向上走。到了临近,见他手执一个酱油瓶,知道是到市集去的。

"这里到山脚下还有多少路?"

他以怀疑的眼光望着我,答道:"远呢,远呢,还有三五里路呢。你到那边有什么事?"

"不过游玩游玩而已。"

"山路不好走呢。一路上都是石子,且又高峻。"

我不理他,继续地走下去,不到半里路,却到了一个村落,且路途并不坏,较上面的一段平坦多了。不知这个人为什么要说谎。一条溪水安舒地在平地上流着,红冠的白鹅安舒地在水面上游着。一群孩子立在水中拍水为戏,嘻嘻哈哈地大笑大叫,母亲们正在水边洗菜蔬。屋上的烟囱中,升出一缕缕的炊烟。

一只村犬见了生人，汪汪地大叫起来，四面的犬声应声而吠，这安静的晨村，立刻充满了紧张的恐怖气象。孩子们和母亲们都停了游戏，停了工作，诧异地望着我。几只犬追逐在后面吠叫。亏得我有一根司的克护身，才能把它们吓跑了。它们只远远地追吠，不敢走近来。山行真不能不带司的克，一面可以为行山之助，一面又可以防身，走到草莽丛杂时，可以拨打开蛇虫之类，同时还可以吓吓犬！

沿了溪边走下去，一路都是水田，用竹竿搭了一座瓜架，就架在水面上；满架都是黄色的花，也已有几个早结的绿皮的瓜。那样有趣而可爱的瓜架，我从不曾见过。再下面是一个深潭，绿色的水，莹静地停储在那里。我静静地立着，可以照见自己的面貌。高山如翠绿屏风似的围绕于三面。静悄悄得一点人声鸟声都没有。能在那里静立一二个钟头，那真是一种清福。但偶一抬头，却见太阳光已经照在山腰了。

一看表，已经七点，不能不回去了。再经过那个村落时，犬和人却都已进屋去，不再看见。到了市集，却忘了上山脊的路，去问保安队，他们却说不知。保安队会不知驻在地的路径，那真有些奇闻！我不再问他们，自己试了几次，终于到达了山脊，由那里到家，便是熟路了。

回到家，问问心南先生，他们说的大市集原来果是那里。山市竟是如此地寂寥的，那是我初想不到的；山中人原却并不比都市中人朴无欺诈，那也是我初想不到的。

1926 年 11 月 28 日

最后一课

口头上慷慨激昂的人,未见得便是杀身成仁的志士。无数的勇士,前仆后继地倒下去,默默无言。

好几个汉奸,都曾经做过抗日会的主席,首先变节的一个国文教师,却是好使酒骂座,惯出什么"富贵不能淫,威武不能屈"一类题目的东西;说是要在枪林弹雨里上课,绝对地"宁为玉碎,不为瓦全"的一个校长,却是第一个屈膝于敌伪的教育界之蟊贼。

然而默默无言的人们,却坚定地做着最后的打算,抛下了一切,千山万水地、千辛万苦地开始长征,绝不说什么"为国家保存财产、文献"一类的借口的话。

上海国军撤退后,头一批出来做汉奸的都是些无赖之徒,或愍不畏死的东西。其后,却有"我不入地狱谁入地狱"的维持地方的人物出来了。再其后,却有以"救民"为幌子,而喊着"同文同种"的合作者出来。到了珍珠港的袭击以后,自有一批最傻的傻子们相信着日本政策的改变,在做着"东亚人的东亚"的白日梦,吃尽了"独苦",反以为"同甘",被人家拖着"共死",却糊涂到要挣扎着"同生"。其实,这一类的东西也不太多。自命为聪明的人物,是一贯地利用时机,做着升官发财的计划,其或早或迟的蜕变,乃是作恶的勇气够不够,或替自己打算得周到不周到的问题。

默默无言的坚定的人们,所想到的只是如何"抗敌救国"的问题,压根儿不曾梦想到"环境"的如何变更,或敌人对华政策的如何变动、改革。

所以他们也有一贯的计划,在最艰苦的情形之下奋斗着,绝对地不做"苟全"之梦;该牺牲的时机一到,便毫不踌躇地踏上应走的大道,义无反顾。

十二月八号是一块试金石。

这一天的清晨,天色还不曾大亮,我在睡梦里被电话的铃声惊醒。

"听到了炮声和机关枪声没有?"C在电话里说。

"没有听见。发生了什么事?"

"听说日本人占领租界,把英国兵缴了械,黄浦江上的一只英国炮舰被轰沉,一只美国炮舰投降了。"

接连地又来了几个电话,有的是报馆里的朋友打来的。事实渐渐地明白。

英国军舰被轰沉,官兵们凫水上岸,却遇到了岸上的机关枪的扫射,纷纷地死在水里。

日本兵依照着预定的计划,开始从虹口或郊外开进租界。

被认为孤岛的最后一块弹丸地,终于也沦陷于敌手。

我匆匆地跑到了康脑脱路的暨大。

校长和许多重要的负责者们都已经到了,立刻举行了一次会议。简短而悲壮地,立刻议决了:

"看到一个日本兵或一面日本旗经过校门时,立刻停课,将这大学关闭结束。"

太阳光很红亮地晒着,街上依然地熙来攘往,没有一点异样。

我们依旧地摇铃上课。

我授课的地方,在楼下临街的一个课室,站在讲台上可以望得见街。

学生们不到的人很少。

"今天的事,"我说道,"你们都已经知道了吧。"学生们都点点头。"我们已经议决,一看到一个日本兵或一面日本旗经过校门,立刻便停课,并且立即地将学校关闭结束。"

学生们的脸上都显现着坚毅的神色,坐得挺直的,但没有一句话。

"但是我这一门功课还要照常地讲下去,一分一秒也不停顿,直到看见了一个日本兵或一面日本旗为止。"

我不荒废一秒钟的工夫,开始照常地讲下去。学生们照常地笔记着,默默无声地。

这一课似乎讲得格外地亲切、格外地清朗,语音里自己觉得有点异样,似带着坚毅的决心、最后的沉着;像殉难者的最后的晚餐,像冲锋前的士兵们上了刺刀,"引满待发"。

然而镇定、安详,没有一丝的紧张的神色。该来的事变,一定会来的。一切都已准备好。

谁都明白这"最后一课"的意义。我愿意讲得愈多愈好,学生们愿意笔记得愈多愈好。

讲下去,讲下去,讲下去。恨不得把所有的应该讲授的东西,统统在这一课里讲完了它,学生们也沙沙地不停地在抄记着。心无旁用,笔不停挥。

别的十几个课室里也都是这样的情形。

对于要"辞别"的,要"离开"的东西,觉得格外地恋恋。黑板显得格外地光亮,粉笔是分外地白而

柔软适用，小小的课桌，觉得十分地可爱，学生们靠在课椅的扶手上，抚摸着，也觉得十分地难分难舍。那晨夕与共的椅子，曾经在扶手上面用钢笔、铅笔或铅笔刀，有意识或无意识地涂写着，刻划着许多字或句的，如何舍得一旦离别了呢！

街上依然地平滑光鲜，小贩们不时地走过，太阳光很有精神地晒着。

我的表在衣袋里嘀嘀地嗒嗒地走着，那声音仿佛听得见。

没有伤感，没有悲哀，只有坚定的决心，沉毅异常地在等待着——等待着最后一刻的到来。

远远地有沉重的车轮碾地的声音可听到。

几分钟后，有几辆满载着日本兵的军用车，经过校门口，由东向西，徐徐地走过，当头一面旭日旗——血红的一个圆圈，在迎风飘荡着。

时间是上午十时三十分。

我一眼看见了这些车子走过去，立刻挺直了身体，做着立正的姿势，沉毅地合上了书本，以坚决的口气我一眼看见了这些车子走过去,立刻挺直了身体,做着立正的姿势,沉毅地合上了书本,以坚决的口气宣布道:"现在下课!"

然后他呆在那儿,头靠着墙壁,话也不说,只向我们做了一个手势:"放学了——你们走吧。"(都德《最后一课》)

宣布道：

"现在下课！"

学生们一致地立了起来，默默地不说一句话，有几个女生似在低低地啜泣着。

没有一个学生有什么要问的，没有迟疑，没有踌躇，没有彷徨，没有顾虑。个个人都已决定了应该怎么办，应该往哪一个方向走去。

赤热的心，像钢铁铸成似的坚固，像走着鹅步的仪仗队似的一致。

从来没有那么无纷纭地一致地坚决过，从校长到工役。

这样地，光荣的国立暨南大学在上海暂时结束了它的生命，默默地在忙着迁校的工作。

失书记

二十多年来,因为研究的需要和个人的偏嗜,收购了不少古书。一部部地从书店里挟在腋下带回来,都觉得是有用的。但一到了家,翻阅了一下,因为不是立即用到的,便往往将它向书箱里或书橱顶上一塞。有时,简直是好几年不曾再翻阅过。书一天天地堆积得多了。书箱由十二只而二十余只,而五十余只,而至一百余只。不放在箱子里的书还有不少。因为研究的复杂,搜罗材料的求全求备,差不多不弃瓦石和沙砾。其实在瓦石和沙砾里,往往可以发现些珠玉和黄金出来。十年前,得到不少的弹词、宝卷、鼓词和平津到潮汕的小唱本。那些小唱本一批批地购入,或由友人们的赠贻,竟积至二万余册之多。"一·二八"之役,我在东宝兴路的寓所沦入日人之手,一切书籍都不曾取出。书箱被用刀斧斫开的不少。全部的弹词、鼓词、宝卷及小唱本均丧失无遗。唯古书还保存得很多。三月间,将各余存的书全部迁出。那时,我不在上海。高梦旦先生和家叔莲蕃先生曾费了许多的力量去设法搬运。许多的书都杂乱地堆在高宅大厅上。过了半年,方托人清抄一份目录。除仍留一部分存于高宅外,大多数都转送到开明书店图书馆寄存。四五年来,我因为自己在北平,除了应用的书随身带去者外,全都没有移动。在北平,又陆续地购到几十箱的古书,其中尤以明版的小说及戏曲为多。前年夏天南旋时,又全都随身带了下来。幸免于和那个古城同陷沦亡。但有一部分借给友人们的书,却一时顾不及取回了。二年以来因为寓所湫狭,竟不能将寄存之书取储家中。"八·一三"战事起后,虹口又沦为战区。开明书店图书馆全部被毁于火。我的大多数的古书,未被毁于"一·二八"之役者,竟同时尽毁于此役。所失者凡八十余箱,近二千种,一万数千册的书。其中有元版的书数部,明版的书二三百部;应用的书,像许多近代的丛书所失尤多。最可惜的是,积二十年之力所收集的关于《诗经》及《文选》的书十余箱竟全部烬于一旦。在欧洲收集到的许多书(多半是关于艺术的及考古学的),也全都失去了。尚有清人的手稿数部,不曾刊行者也同归于尽!不能无介介于心;总觉得有些对不起古人!连日闸北被敌机大肆轰炸,纸灰竟时时飘飞到小园中来。纸灰上的字迹还明显得可辨。这又是什么人家的文库被毁失了!在今日抗战开始之后,像这样的文化上的损失,除了万分惋惜之外,是不会比无数人民的性命财产的牺牲更令人沉痛和切齿的。而无数前敌将士们正在喋血杀敌,为国作战,我们这些损失又算得了什么!北平图书馆的所藏,乃至北京大学图书馆、清华大学图书馆，乃至无数私家的宝藏之图籍还不是全都沦亡了么？我们这些损失又算得了什么？但我所深有感者，乃在没有国防的国家根本上谈不上"文化"的建设。没有武力的保卫，文化的建设是最容易受摧残的。阿速帝国的文库还不是被深埋在地下么？宋之内府所藏图籍，还不是被捆载而北么？希腊、罗马的艺术还不是被野蛮民族所摧毁而十不存一么？无数文人学士们的呕尽心血的著作曾不足当野蛮的侵略者的一焚！这是古今一致、万方同慨的事！要保全"文化"，必须要建立最巩固的国防！失者已矣！"文化"人将怎么保卫文化呢？当必知所以自处矣！无国防，即无文化！炮火大作，屋基为之震动。偷闲重写"失书"的目录为一卷。作《失书记》，附于后。

民国二十六年十月二十六日记

烧书记

我们的历史上,有了好几次的大规模的"烧书"之举。秦始皇帝统一六国后,便来了一次烧书。"史官非秦记,皆烧之。非博士官所职,天下敢有藏《诗》《书》百家语者,悉诣守、尉杂烧之。有敢偶语《诗》《书》者弃市。以古非今者族。吏见知不举者与同罪。令下三十日,不烧,黥为城旦。所不去者,医药卜筮种树之书。若欲有学法令,以吏为师。"这是最彻底的烧书、最彻底的愚民之计,和一般殖民地政府,不设立大学而只开设些职业、工艺学校者,有异曲同工之妙。此后,烧书的事,无代无之。有的烧历史文献,以泯篡夺之迹;有的烧佛教、道教的书,以谋宗教上的统一;有的烧淫秽的书,以维持道德的纯洁。近三百年,则有清代诸帝的大举烧书。我们读了好几本的所谓"全毁""抽毁"书目,不禁凛然生畏;至今尚觉得在异族铁蹄下的文化生活得如何窒塞难堪!

"八·一三"后,古书、新书之被毁于兵火之劫者多矣。就我个人而论,我寄藏于虹口开明书店里的一百多箱古书,就在八月十四日那一天被烧,烧得片纸不存。我看见东边的天空,有紫黑色的烟云在突突地向上升,升得很高很高,然后随风而四散,随风而淡薄,被烧的东西的焦渣,到处地飘坠。其中就有许多有字迹的焦纸片。我曾经在天井里拾到好几张,一触手便粉碎;但还可以辨识得出些字迹,大约是教科书之类居多。我想,我的书能否捡得到一二张烧焦了的呢?——那时,我已经知道开明书店被烧的情形——

当然,这想头是很可笑的。就捡得到了又有什么意义,还不是徒增忉怛与愤激么?

这是兵火之劫,未被劫的还安全地被保存着,所遭劫的还只是些不幸的一二隅之地。但到了"一二·八"敌兵占领了旧租界后,那情形却大是不同了。

我们听到要按家搜查的消息,听到为了一二本书报而逮捕人的消息,还听到无数的可怖的怪事、奇事、惨事。

许多人心里都很着急起来,特别是有"书"的人家。他们怕因"书"惹祸,却又舍不得割爱,又不敢卖出去——卖出去也没有人敢要。有好几个友人,天天对书发愁。

"这部书会有问题么?"

"这个杂志留下来不要紧么?"

"到底是什么该留的,什么不该留的?"

"被搜到了,有什么麻烦没有?"

个个人在互相地询问着,打听着。但有谁能够说明哪几部书是有问题的,或哪些东西是可留的呢?

我那时正忙于烧毁往来有关的信件、有关的记载和许多报纸、杂志及抗日的书籍——连地图也在内。

我硬了心肠在烧。自己在壁炉里生了火,一包包,一本本,撕碎了扔进去,眼看它们烧成了灰,一蓬蓬的黑烟从烟通里冒出来,烧焦了的纸片,飞扬到四邻,连天井里也有了不少。

心头像什么梗塞着,说不出的难过。但为了特殊的原因,我不能不如此小心。

连秋白送给我的签了名的几部俄文书,我也不能不把它们送进壁炉里去。

我觉得自己实在太残忍了!我眼圈红了不止一次,有泪水在落。是被烟熏的吧?

实在舍不得烧的许多书,却也不能不烧。踌躇又踌躇,选择又选择,有的头一天留下了,到了第二三天又狠了心把它们烧了。有的,已经烧了,心里却还在惋惜着,觉得很懊悔,不该把它们烧去。

但有了第一次淞沪战争时虹口、闸北一带的经验——有《征倭论》一类的书而被杀,被捉的人不少——自然不能不小心。对于发了狂的兽类,有什么理可讲呢!

整整地烧了三天。我翻箱倒箧地搜查着,捧了出来,动员孩子们在撕在烧。

"爸爸,这本书很好玩,留下来给我吧。"孩子们在恳求着。

我难过极了!我也何尝不想留下来呢?但只好摇摇头,说道:"烧了吧,下回去买好一点儿的书给你。"

在这时候,就有好些住在附近的朋友们在问,什么书该烧,什么书不必烧。

我没法回答他们,领了他们到壁炉边去。

"你自己看吧!我在烧着呢,但我的情形不同。你自己斟酌着办吧。"

这一场烧书的大劫,想起来还有余栗与余憾。

不烧,不是至今还无恙么?

但谁能料得到呢?

把它们设法寄藏到别的地方去吧。

但为什么要"移祸"呢?这是我所绝对不肯做的事。

这是我不能不狠心动手烧的一个原因。

但也实在有些人把自认为"不安全"的书寄藏到别人家里去的。

这还是出于自动的烧,究竟自动烧书的人还不多,大量的"违碍"的书报还储藏在许多人家里。有许多人不肯烧,不想烧,也有人不知道烧,甚至有人压根儿没有想到这件事。

过了不久,敌人的文化统制的手腕加强了。他们通过了保甲的组织,挨户按家地通知,说:凡有关抗日的书籍、杂志、日报等等,必须在某天以前,自动烧毁或呈缴出来。否则严惩不贷。

同时,在各书店、各图书馆,搜查抗日书报,一车车地载运而去,不知运向何方,也不知它们的运命如何。

这一次烧书的规模大极了!差不多没有一家不在忙着烧书的。他们不耐烦呈缴出去,只有出于烧之一途。最近若干年来的报纸、杂志遭劫最甚，有许多人索性把报纸、杂志全都烧毁了，免得惹起什么麻烦。

外间谣传说，连包东西的报纸，上面有了什么抗日的记载，也要追究、捕捉的。

因之，旧报纸连包东西的资格也被取消了。

最可怜的是，有的朋友已经到了内地去，他们的书籍还藏在家里，或寄存在某友处。家里的人到处打听，问要紧不要紧，甚至去问保甲处的人。他们当然说要紧的，甚至还加上些恫吓的话。

于是，不分青红皂白地，他们把什么书全都付之一炬；只要是有字的，无不投到了火炉里去。

记得清初三令五申地搜求"禁书"的时候，有些藏书家的后人，为了省得惹祸，也是将全部古书整批地烧了去。

这个书劫，实在比兵、比火、比水等大劫更大得多，更普遍而深入得多了！

这样纷扰了近一个多月，始终不曾见敌伪方面有什么正式的文告。又有人说，这是出于误会，日本人方面并没有这个意思。

于是烧书的火渐渐又灭了、冷了,终至不再有人提起这件事。

不烧的人,忘了烧的人,特地要小心保存这类抗日文献的人,当然也有。

许多抗日文献还保存得不少。像《文汇年刊》之类,我家里便还保存着,忘记了烧。

书如何能烧得尽呢?"野火烧不尽,春风吹又生。"以烧书为统制的手法,徒见其心劳日拙而已。

但愿这种书劫,以后不再有!

售书记

嗟食何如售故书,疗饥分得蠹虫余。
丹黄一付绛云火,题跋空传士礼居。
展向晴窗胸次了,抛残午枕梦回初。
莫言自有屠龙技,剩作天涯稗贩徒。

以上是一个旧友的《售书诗》,这个旧友和我常在古书店里见到。从前,大家都买书,不免带点争夺的情形，彼此有些猜忌。劫中，我卖书，他也卖书，见了面，大家未免常常叹气，谈着从来不会上口的柴米油盐的问题。他先卖石印书、自印的书，然后卖明清刊本的书。后来，便不常在古书店见到他了。大约书已卖得差不多，不是改行做别的事，便是守在家里不出门。关于他，有种种的传说。我心里很难过，实在不愿意在这里再提起，这是一位在这个大时代里最可惜、残酷的牺牲者。但写下他抄给我的这首诗时，我不能不黯然！

说到售书，我的心境顿时要阴晦起来。谁想得到，从前高高兴兴，一部部，一本本，收集起来，每一部书，每一本书，都有它的被得到的经过和历史；这一本书是从哪一家书店里得到的，那一部书是如何地见到了，一时踌躇未取，失去了，不料无意中又获得之；那一部书又是如何地先得到一二本，后来，好容易方才从某书店的残书堆里找到几本，恰好配全，配全的时候，心里是如何地喜悦；也有永远配不全的，但就是那残帙也很可珍贵，故宫的断垣残刻，不是也足以令人流连忘返么？那一本书虽是薄帙，却是孤本单行，极不易得；那一部书虽是同光间刊本，却很不多见；那一本书虽已收入某丛书中，这本却是单刻本，与丛书本异同甚多；那一部书见于禁书目录，虽为陋书，亦自可贵。至于明刊精本、黑口古装者，万历竹纸、传世绝罕者，与明清史料关系极巨者，稿本手迹、从无印本者，等等，则更是见之心暖，读之色舞。虽绝不巧取豪夺，却自有其争斗与购取之阅历。差不多每一本、每一部书于得之之时都有不同的心境、不同的作用。为什么舍彼取此，为什么前弃今取，在自己个人的经验上，也各自有其理由。譬如，二十年前，在中国书店见到一部明刊蓝印本《清明集》和一部道光刊本《小四梦》，价各百金，我那时候倾囊只有此数，那么，还是购《小四梦》吧。因为我弄中国戏曲史，《小四梦》是必收之书。然而在版本上，或在藏书家的眼光看来，那《清明集》——一部极罕见的古法律书，却是如何地珍奇啊！从前，我不大收清代的文集，但后来觉得有用，便又开始大量收购了。从前，对于词集有偏嗜，有见必收。后来，兴趣淡了些，便于无意中失收了不少好词集。凡此种种，皆寄托着个人的感情。如鱼饮水，冷暖自知。谁想得到，凡此种种，费尽心力以得之者，竟会出以易米么？谁更会想得到，从前一本本、一部部书零星收得，好容易集成一类、堆做数架者，竟会一捆捆、一箱箱地拿出去卖的么？我从来不肯好好地把自己的藏书编目，但在出卖的时候，买书的先要看目录，便不能不咬紧牙关，硬了头皮去编。编目的时候，觉得部部书、本本书都是可爱的，都是舍不得去的，都是对我有用的，然而又不能不割售。摩挲着，仔细地翻看着，有时又摘抄了要用的几节几段，终于舍不得，不愿意把它上目录。但经过了一会儿，究竟非卖钱不可，便又狠了狠心，把它写上。在劫中，像这样的"编目"，不止三两次了。特别在最近的两年中，光景更见困难了，差不多天天都在打"书"的主意，天天在忙于编目。假如天还不亮的话，我的出售书目又要从事编写了。总是先去其易得者，例如《四部丛刊》、百衲本《二十四史》之类，

《四部丛刊》连二三编,我在前年只卖了伪币四万元;百衲本《二十四史》,只卖了伪币一万元。谁想得到,在今年今日,要想再得到一部,便非花了整年的薪水还不够么?只好从此不做再收藏这一类大部书的念头了。最伤心的是,一部石印本《学海类编》,我不时要翻查,好几次书友们见到了,总要怂恿我出卖,我实在舍不得。但最后,却也不得不卖了。卖得的钱,还不够半个月花,然而如今再求得一部,却也已非易了。其后,卖了一大批明本书,再后来,又卖了八百多种清代文集,最后,又卖了好几百种清代总集、文集及其他杂书。大凡可卖的,几乎都已卖尽了!所万万舍不得割弃的是若干目录书、词曲书、小说书和版画书。最后一批,拟目要去的便是一批版画书。天幸胜利来得恰如其时,方才保全了这一批万万舍不得去的东西。否则,再拖长了一年半载,恐怕连什么也都要售光了。但我虽然舍不得与书相别,而每当困难的时光,总要打它的主意,实在觉得有点对不起它!如果把积"书"当作了囤货——有些暴发户实在有如此的想头,而且也实在如此地做,听说,有一个人,所囤积的《四部丛刊》便有二十余部——那么,售去倒也没有什么伤心。不幸,我的书都是"有所谓"而收集起来的,这样地一大批一大批地"去",怎么能不痛心呢?售去的不仅是"书",同时也是我的"感情",我的"研究工作",我的"心的温暖"!当时所以硬了心肠要割舍它,实在是因为"别无长物"可去。不去它,便非饿死不可。在饿死与去书之间选择一种,当然只好去书。我也有我的打算,每售去一批书,总以为可以维持个半年或一年。但物价的飞涨,每每把我的计划全部推翻了。所以只好不断地在编目,在出售;不断地在伤心,有了眼泪,只好往肚里倒流下去。忍着,耐着,叹着气,不想写,然而又不能不一部部地编写下去。那时候,实在恨自己,为什么从前不藏点别的,随便什么都可以,偏要藏什么劳什子的书呢?曾想告诉世人说,凡是穷人,凡是生活不安定的人,没有恒产、资产的人,要想储蓄什么,随便什么都可以,只千万不要藏书。书是积藏来用,来读的,不是来卖的。卖书时的惨楚的心情实在受得够了！到了今天，我心上的创伤还没有愈好；凡是要用一部书，自己已经售了去的，想到书店里去再买一部，一问价，只好叹口气，现在的书已经不是我辈所能购置的了。这又是用手去剥疮疤的一个刺激。索性狠了心，不进书店，也决心不再去买什么书了。书兴阑珊，于今为最。但书生积习，扫荡不易，也许不久还会发什么收书的雅兴吧。

但究竟不能不感谢"书"，它竟使我能够渡过这几年难渡的关头。假如没有"书"，我简直只有饿死的一条路走！

永在的温情
——纪念鲁迅先生

十月十九日下午五点钟,我在一家编译所一位朋友的桌上,偶然拿起了一份刚送来的Evening Post,被这样的一个标题"中国的高尔基今晨五时去世"惊骇得一跳。连忙读了下来,这惊骇变成了事实:果然是鲁迅先生去世了!

这消息像闷雷似的,当头打了下来,呆坐在那里不言不动。

谁想得到这可怕的噩耗竟这样地突然地来呢？

鲁迅先生病得很久了；间歇地发着热，但热度并不甚高。一年以来，始终不曾好好地恢复过，但也从不曾好好地休息过。半年以来，情形尤显得不好。缠绵在病榻上者总有三四个月，朋友们都劝他转地疗养，他自己也有此意。前一个月，听说他要到日本去。但茅盾告诉我，"双十节"那一天还遇见他在上海大戏院看《杜布罗夫斯基》；中国木刻画展览会，他也曾去参观。总以为他是渐渐地复原了，能够出来走走了。谁又想得到这可怕的噩耗竟这样地突然地来呢？

刚在前几天，他还有信给我，说起一部书出版的事；还附带地说，想早日看见《十竹斋笺谱》的刻成。我还没有来得及写回信。

谁想得到这可怕的噩耗竟这样地突然地来呢？

我一夜不曾好好地安心地睡。

第二天赶到万国殡仪馆，站在他遗像的面前，久久地走不开。再一看，他的遗体正在像下，在鲜花的包围里，面貌还是那么清癯而带些严肃，但双眼却永远地闭上了。

我要哭出来，大声地哭，但我那时竟流不出眼泪，泪水为悲戚所灼干了。我站在那里，久久走不开。我竟不相信，他竟是那样突然地便离我们而远远地向不可知的所在而去了。

但他的友谊的温情却是永在的，永在我的心上——也永在他的一切友人的心上，我相信。

初和他见面时，总以为他是严肃的、冷酷的。他的瘦削的脸上，轻易不见笑容。他的谈吐迟缓而有力，渐渐地谈下去，在那里面，你便可以发现其可爱的真挚、热情的鼓励与亲切的友谊。他虽不笑，他的话却能引你笑。和他的兄弟启明先生一样，他是最可谈、最能谈的朋友，你可以坐在他客厅里，他那间书室兼卧室里，坐上半天，不觉得一点儿拘束、一点儿不舒服。什么话都谈。但他的话头却总是那么有力。他的见解往往总是那么正确。你有什么怀疑、不安，由于他的几句话也许便可以解决你的问题，鼓起你的勇气。

失去了这样的一位温情的朋友，就个人讲，将是怎样的一个损失呢？

他最勤于写作,也最鼓励人写作。他会不惮烦地几天几夜地在替一位不认识的青年,或一位不深交的朋友,改削创作,校正译稿,其仔细和小心远过于一位私塾的教师。

他曾和我谈起一件事:有一位不相识的青年寄一篇稿子来请求他改,他仔仔细细地改了寄回去。那青年却写信来骂他一顿,说被改涂得太多了。第二次又寄一篇稿子来,他又替他改了寄回去,这一次的回信,却责备他改得太少。

"现在做事真难极了!"他慨叹地说道。对于人的不易对付和做事之难,他这几年来时时地、深切地感到。

但他并不灰心,仍然地在做着吃力不讨好的改削创作、校正译稿的事,挣扎着病躯,深夜里仔仔细细地为不相识的青年或不深交的朋友在工作。

这样的温情的指导者和朋友,一旦失去了,将怎样地令人感到不可补赎之痛呢?

……

他常感到"工作"的来不及做,特别是在最近一两

他常感到"工作"的来不及做,特别是在最近一两年,凡做一件事,都总要快快地做。

"鲁迅先生必得休息的。"须藤医生这样说的。可是鲁迅先生从此不但没有休息,并且脑子里所想的更多了,要做的事情都像非立刻就做不可,校《海上述林》的校样,印珂勒惠支的画,翻译《死魂灵》下部,刚好了,这些就都一起开始了,还计算着出三十年集(即《鲁迅全集》)。(萧红《回忆鲁迅先生》)

年,凡做一件事,都总要快快地做。

"迟了恐怕要来不及了。"这句话他常在说。

那样的清楚的心境,我们都是同样深切感到的。想不到他自己真的那么快地便逝去,还留下要做的许多事没有来得及做——但,后死者却要继续他的事业下去的!

……

最早使我笼罩在他温热的友情之下的,是一次讨论到"三言"问题的信。

我在上海研究中国小说,完全像盲人骑瞎马,乱闯乱摸,一点凭借都没有,只是节省着日用,以浅浅的薪水购书,而即以所购入之零零落落的破书,作为研究的资源。那时候实在贫乏、肤浅得可笑,偶尔得到一部原版的《隋唐演义》却以为是了不得的奇遇,至于"三言"之类的书,却是连梦魂里也不曾谈到。

他的《中国小说史略》的出版,减少了许多我在暗中摸索之苦。我有一次写信问他"三言"的事,他的回信很快地便来了,附来的是他抄录的一张《醒世恒言》的全目——这张目录我至今还保全在我的一部《中国小说史略》里。他说,《喻世》《警世》,他也没有见到。《醒世恒言》他只有半部,但有一位朋友那里藏有全书。所以他便借了来,抄下目录寄给我。

当时,我对于这个有力的帮助,说不出应该怎样地感激才好。这目录供给了我好几次的应用。

后来,我很想看看《西湖二集》(那部书在上海是永远不会见到的),又写信问他有没有此书。不料随了回信同时递到的却是一包厚厚的包裹。打开了看时,却是半部明末版的《西湖二集》,附有全图。我那时实在眼光小得可怜,几曾见过几部明版附插图的平话集?见了这《西湖二集》为之狂喜!而他的信道:他现在不弄中国小说,这书留在手边无用,送了给我吧。这贵重的礼物,从一个只见一面的不深交的朋友那里来,这感动是至今跃跃在心头的。

我生平从没有意外的获得。我的所藏的书,一部部都是很辛苦地设法购得的;购书的钱,都是中夜灯下疾书的所得或减衣缩食的所余。一部部书都可看出我自己的夏日的汗、冬夜的凄栗，有红丝的睡眼、右手执笔处的指端的硬茧和酸痛的右臂。但只有这一集可宝贵的书，乃是我书库里唯一的友情的赠与——只有这一部书！

现在这部《西湖二集》也还堆在我最珍爱的几十部明版书的中间，看了它便要泫然泪下。这可爱的直率的真挚的友情，这不意中的难得的帮助，如今是不能再有了！

但我心头的温情是永在的——这温情也永在他的一切友人的心上，我相信！

悼许地山先生

许地山先生在抗战中逝世于香港。我那时正在上海蛰居,竟不能说什么话哀悼他——但心里是那么沉痛凄楚着。我没有一天忘记了这位风趣横逸的好友。他是我学生时代的好友之一,真挚而有益的友谊,继续了二十四五年,直到他的死为止。

人到中年便哀多而乐少。想起半生以来的许多友人们的遭遇与死亡,往往悲从中来,怅惘无已。有如雪夜山中，孤寺纸窗，卧听狂风大吼，身世之感，油然而生。而最不能忘的，是许地山先生和谢六逸先生，六逸先生也是在抗战中逝去的。记得二十多年前，我住在宝兴西里，他们俩都和我同住着，我那时还没有结婚，过着刻板似的编辑生活，六逸在教书，地山则新从北方来。每到傍晚，便相聚而谈，或外出喝酒。我那时心绪很恶劣，每每借酒浇愁，酒杯到手便干。常常买了一瓶葡萄酒来，去了瓶塞，一口气咕嘟嘟地全都灌下去。有一天，在外面小餐店里喝得大醉归来，他们俩好不容易地把我扶上电车，扶进家门口。一到门口，我见有一张藤的躺椅放在小院子里，便不由自主地躺了下去，沉沉入睡。第二天醒来，却睡在床上。原来他们俩好不容易地又设法把我抬上楼，替我脱了衣服鞋子。我自己是一点知觉也没有了。一想起这两位挚友都已辞世，再见不到他们，再也听不到他们的语声，心里便凄楚欲绝。为什么"悲哀"这东西老跟着人跑呢？为什么跑到后来，竟越跟越紧呢？

地山在北平燕京大学念书。他家境不见得好，他的费用是由闽南某一个教会负担的。他曾经在南洋教过几年书，他在我们这一群未经世故人情磨炼的年轻人里，天然是一个老大哥。他对我们说了许多我们从来没有听到过的话。他有好些书，西文的、中文的，满满地排了两个书架。这是我所最为羡慕的。我那时还在省下车钱来买杂志的时代，书是一本也买不起的。我要看书，总是向人借。有一天傍晚，太阳光还晒在西墙，我到地山宿舍里去。在书架上翻出了一本日本翻版的《泰戈尔诗集》，读得很高兴。站在窗边，外面还亮着。窗外是一个水池，池里有些翠绿欲滴的水草，人工的流泉，在淙淙地响着。

"你喜欢泰戈尔的诗么？"

我点点头，这名字我是第一次听到，他的诗，也是第一次读到。

他便和我谈起泰戈尔的生平和他的诗来。他说道："我正在译他的《吉檀迦利》呢。"随在抽屉里把他的译稿给我看。他是用古诗译的，很晦涩。

"你喜欢的还是《新月集》吧。"便在书架上拿下一本书来。"这便是《新月集》。"他道,"送给你,你可以选着几首来译。"

我喜悦地带了这本书回家。这是我译泰戈尔诗的开始。后来,我虽然把英文本的《泰戈尔集》,陆续地全都买了来,可是得书时的喜悦,却总没有那时候所感到的深切。

我到了上海,他介绍他的二哥敦谷给我。敦谷是在日本学画的,一位孤芳自赏的画家,与人落落寡合,所以,不很得意。我编《儿童世界》时,便请他为我作插图。第一年的《儿童世界》,所有的插图全出于他的手。后来,我不编这周刊了,他便也辞职不干。他受不住别的人的指挥什么的,他只是为了友情而工作着。

地山有五个兄弟,都是真实的君子人。他曾经告诉过我,他的父亲在台湾做官,在那里有很多的地产。当台湾被日本占去时,曾经宣告过留在台湾的,仍可以保全财产;但离开了的,却要把财产全部没收。他父亲召集了五个兄弟们来,问他们谁愿意留在台湾,承受那些财产，但他们全都不愿意。他们一家便这样地舍弃了全部资产，回到了大陆。因此，他们变得很穷，兄弟们都不能不很早地各谋生计。

他父亲是丘逢甲的好友。一位仁人志士，在台湾被占时代，尽了很多的力量，写着不少慷慨激昂的诗。地山后来在北平印出了一本诗集。他有一次游台湾，带了几十本诗集去，预备送给他的好些父执，但在海关上，被日本人全部没收了。他们不允许这诗集流入台湾。

地山结婚得很早。生有一个女孩子后，他的夫人便亡故，她葬在静安寺的坟场里。地山常常一清早便出去，独自到了那坟地上，在她坟前，默默地站着，不时地带着鲜花去。过了很久，他方才续弦，又生了几个儿女。

他在燕大毕业后，他们要叫他到美国去留学，但他却到了牛津。他学的是比较宗教学。在牛津毕业后，他便回到燕大教书。他写了不少关于宗教的著作；他写着一部《道教史》，可惜不曾全部完成。他编过一部

《大藏经引得》。这些都是扛鼎之作,别的人不肯费大力从事的。

茅盾和我编《小说月报》的时候,他写了好些小说,像《换巢鸾凤》之类,风格异常地别致。他又写了一本《无从投递的邮件》,那是真实的一部伟大的书,可惜知道的人不多。

最后,他到香港大学教书,在那里住了好几年,直到他死。他在港大主持中文讲座,地位很高,是在"绅士"之列的。在法律上有什么中文解释上的争执,都要由他来下判断。他在这时期,帮助了很多朋友。他提倡中文拉丁化运动,他写了好些论文,这些都是他从前所不曾从事过的。他得到广大的青年们的拥护。他常常参加座谈会,常常出去讲演。他素来有心脏病,但病状并不显著,他自己也并不留意静养。

有一天,他开会后回家,觉得很疲倦,汗出得很多,体力支持不住,便移到山中休养着。便在午夜,病情太坏,没等到天亮,他便死了。正当祖国最需要他的时候,正当他为祖国努力奋斗的时候,病魔却夺了他去。这损失是属于国家民族的,这悲伤是属于全国国民们的。

他在香港,我个人也受过他不少帮助。我为国家买了很多的善本书,为了上海不安全,便寄到香港去;曾经和别的人商量过,他们都不肯负这责任,不肯收受,但和地山一通信,他却立刻答应了下来。所以,三千多部的元明本书、抄校本书,都是寄到港大图书馆,由他收下的。这些书是国家的无价之宝,虽然在日本人陷香港时曾被他们全部取走,而现在又在日本发现,全部要取回来,但那时如果仍放在上海,其命运恐怕要更劣于此——也许要散失了,被抢得无影无踪了。这种勇敢负责的行为,保存民族文化的功绩,不仅我个人感激他而已!

他名赞堃,写小说的时候,常用落花生的笔名。"不见落花生么?花不美丽,但结的实却用处很大,很有益。"当我问他取这笔名之意时,他答道。

他的一生都是有益于人的,见到他便是一种愉快。他胸中没有城府。他喜欢谈话,他的话都是很有风趣的,很愉快的。老舍和他都是健谈的,他们俩曾经站在伦敦的街头,谈个三四个钟点,把别的约会都忘掉。我们聚谈的时候,也往往消磨掉整个黄昏、整个晚上而忘记了时间。

他喜欢做人家所不做的事。他收集了不少小古董,因为他没有多余的钱买珍贵的古物。他在北平时,常常到后门去搜集别人所不注意的东西。他有一尊元朝的木雕像,绝为隽秀,又有元代的壁画碎片几方,古朴有力。他曾经搜罗了不少"压胜钱",预备做一部压胜钱谱,抗战后,不知这些宝物是否还保存无恙。他要研究中国服装史,这工作到今日还没有人做。为了要知道"纽扣"的起源,他细心地在查古画像、古雕刻和其他许多有关的资料。他买到了不少摊头上鲜有人过问的"喜神像",还得到很多玻璃的画片。这些,都是与这工作有关的。可惜牵于他故,牵于财力、时力,这伟大的工作,竟不能完成。

我写中国版画史的时候,他很鼓励我。可惜这工作只做了一半,也困于财力而未能完工。我终要将这工作完成的,然而地山却永远见不到它的全部了!

他心境似乎一直很愉快,对人总是很高兴的样子。我没有见他疾言厉色过;即遇怫意的事,他似乎也没有生过气。然而当神圣的抗战一开始,他便挺身出来,献身给祖国,为抗战做着应该做的工作。

抗战使这位在研究室中静静地工作着的学者,变为一位勇猛的斗士。

他的死亡,使香港方面的抗战阵容失色了。他没有见到胜利而死,这不幸岂仅是他个人的而已!

他如果还健在,他一定会更勇猛地为和平建国、民主自由而工作着的。

失去了他,不仅是失去了一位真挚而有益的好友,而且是失去了一位最坚贞、最有见地、最勇敢的同道的人。我的哀悼实在不仅是个人的友情的感伤!

1946 年 7 月

哭佩弦

从抗战以来，接连地有好几位少年时候的朋友去世了。哭地山、哭六逸、哭济之，想不到如今又哭佩弦了。在朋友们中，佩弦的身体算是很结实的。矮矮的个子，方而微圆的脸，不怎么肥胖，但也决不瘦。一眼望过去，便是结结实实的一位学者。说话的声音，徐缓而有力。不多说废话，从不开玩笑；纯然是忠厚而笃实的君子。写信也往往是寥寥的几句，意尽而止。

但遇到讨论什么问题的时候,却滔滔不绝。他的文章,也是那么地不蔓不枝,恰到好处,增加不了一句,也删节不掉一句。

他做什么事都负责到底。他的《背影》,就可作为他自己的一个描写。他的家庭负担不轻,但他全力地负担着,不叹一句苦。他教了三十多年的书,在南方各地教,在北平教;在中学里教,在大学里教。他从来不肯马马虎虎地教过去。每上一堂课,在他是一件大事。尽管教得很熟的教材,但他在上课之前,还须仔细地预备着。一边走上课堂,一边还是十分地紧张。记得在清华大学的时候,有一次我在他办公室里坐着,见他紧张地在翻书。我问道:"下一点钟有课吗?"

"有的!"他说道,"总得要看看。"

像这样负责的教员,恐怕是不多见的。他写文章时,也是以这样的态度来写。写得很慢,改了又改,决不肯草率地拿出去发表。我上半年为《文艺复兴》的《中国文学研究》号向他要稿子,他寄了一篇《好与巧》来;这是一篇结实而用力之作。但过了几天,他又来了一封快信,说,还要修改一下,要我把原稿寄回给他。我寄了回去。不久,修改的稿子来了,增加了不少有力的例证。他就是那么不肯马马虎虎地过下去的!

他的主张,向来是老成持重的。

将近二十年了,我们同在北平。有一天,在燕京大学南大地一位友人处晚餐,我们热烈地辩论着"中国字"是不是艺术的问题。向来总是"书画"同称,我却反对这个传统的观念。大家提出了许多意见。有的说,艺术是有个性的;中国字有个性,所以是艺术。又有的说,中国字有组织,有变化,极富于美术的标准。我却极力地反对着他们的主张。我说,中国字有个性,难道别国的字就表现不出个性了么?要说写得美,那么,梵文和蒙古文写得也是十分匀美的。这样的辩论,当然是不会有结果的。

临走的时候,有一位朋友还说,他要编一部《中国艺术史》,一定要把中国书法的一部门放进去。我说,如果把"书"也和"画"同样地并列在艺术史里,那么，这部艺术史一定不成其为艺术史的。

当时，有十二个人在座。九个人都反对我的意见。只有冯芝生和我意见全同。佩弦一声也不言语。我问道："佩弦，你的主张怎么样呢？"

他郑重地说道："我算是半个赞成的吧。说起来，字的确是不应该成为美术。不过，中国的书法，也有它长久的传统的历史。所以，我只赞成一半。"

这场辩论，我至今还鲜明地在眼前。但老成持重、一半和我同调的佩弦却已不在人间，不能再参加那么热烈的争论了。

这样的一位结结实实的人，怎么会刚过五十便去世了呢？——我说"结结实实"，这是我十多年前的印象。在抗战中，我们便没有见过。在抗战中，他从北平随了学校撤退到后方。他跟着学生徒步跑，跑到长沙，又跑到昆明。还照料着学校图书馆里搬出来的几千箱的书籍。这一次的长征，也许使他结结实实的身体开始受了伤。

在昆明联大的时候，他的生活很苦。他的夫人和孩子们都不能在身边，为了经济的拮据，只能让他们住在成都。听说，食米的恶劣，使他开始有了胃病。他是一位有名的衣履不周的教授之一。冬天，没有大衣，把马夫用的毡子裹在身上，就作为大衣；而在夜里，这一条毡子便又作为棉被用。

有人来说，佩弦瘦了，头上也有了白发。我没有想象到佩弦瘦到什么样子；我的印象中，他始终是一位结结实实的矮个子。

胜利以后，大家都复员了，应该可以见到。但他为了经济的关系，径从内地到北平去，并没有经过南方。我始终没有见到瘦了后的佩弦。

在北平，他还是过得很苦，他并没有松下一口气来。

暑假后，是他应该休假的一年。我们都盼望他能够到南边来游一趟，谁知道在假期里他便一瞑不视了呢？我永远不会再有机会见到瘦了后的佩弦了！

佩弦虽然在胜利三年后去世，其实他是为抗战而牺牲者之一。那么结结实实的身体，如果不经过抗战的这一个阶段的至窘极苦的生活，他怎么会瘦弱了下去而死了呢？他的致死的病是胃溃疡与肾脏炎，积年地吃了多沙粒与稗子的配给米，是主要的原因。积年的缺乏营养与过度的工作，使他一病便不起。尽管有许多人发了国难财、胜利财，乃至汉奸们也发了财而逍遥法外，许多瘦子都变成了肥头大脸的胖子，但像佩弦那样的文人、学者与教授，却只是天天地瘦下去，以至于病倒而死。就在胜利后，他们过的还是那么苦难的日子与可悲愤的生活。

在这个悲愤苦难的时代，连老成持重的佩弦，也会是充满了悲愤的。在报纸上，见到有佩弦签名的有意义的宣言不少。他曾经对他的学生们说，"给我以时间，我要慢慢地学"，他在走上一条新的路上来了。可惜的是，他正在走着，他的旧伤痕却使他倒了下去。

他花了整整的一年工夫，编成《闻一多全集》。他既担任着这一个工作，他便勤勤恳恳地、专心一志地负责到底地做着。《闻一多全集》的能够出版，他的力量是最大的；他所费的时间也最多。我们读到他的

《闻一多全集》的序,对于他的"不负死友"的精神,该怎样地感动!

　　地山刚刚走上一条新的路,便死了;如今佩弦又是这样。过了中年的人要蜕变是不容易的。而过了中年的人经过了这十多年的折磨之后,又是多么脆弱啊!佩弦的死,不仅是朋友们该失声痛哭,哭这位忠厚笃实的好友的损失,而且也是中国的一个重大的损失,损失了那么一位认真而诚恳的教师、学者与文人!

　　　　　　　　　　　　1948年8月17日

它们果是我们故乡的小燕子么?
郑振铎
《海燕》